Luis Porro

La grieta en la pared

Primera edición, revisada y actualizada, en este formato: enero de 2025

© Luis Porro, 2025

© de esta edición: Ward 81

Diseño: Ward 81

Imagen de portada: Waterhouse, John William. (1902). The crystal ball (Óleo sobre tela). Colección privada. Bajo licencia de Creative Commons.

Tipografías utilizadas: familias Garamond, Georgia, Needleteeth y Breamcatcher.

ISBN: 978-84-09-08786-0
DEPÓSITO LEGAL: M-3084-2025

Esta es una obra de ficción. Cualquier parecido con la realidad es mera coincidencia. Todos los personajes, nombres, hechos, organizaciones y diálogos en esta obra son, o bien producto de la imaginación del autor, o han sido utilizados de manera ficticia.

Toda la sangre utilizada durante la producción de este libro ha sido donada de manera relativamente voluntaria por pacientes de la Sala 81.

Para Hank

Be on the watch

There are ways out.

There is light somewhere.

It may not be much light but

it beats the darkness.

Charles Bukowski, *The Laughing Heart*

La grieta en la pared

Banda sonora disponible en Spotify / Ward 81 Madrid

*Memory is imagined; it is not real.
Don't be ashamed of its need to create;
it is the loveliest part of your heart.
Myth is the true history.
Don't let them tell you that there are no monsters.
Don't let them make you feel stupid,
just because you are happy to play down in the dark with your flashlight.
The mystical world depends on you and your tolerance for the absurd.
Be strong, my darling ones, and believe!*

Nick Cave

Índice

I

Reina Cuervo

Hubo un tiempo, cuando era niño, en el que la Reina Cuervo venía a verme casi todas las noches para llevarme con ella a la ciudad. Después, simplemente, me olvidó. Me apartó lejos de ella como a un mal sueño.

Entonces me visitaba con frecuencia, cada vez que mi abuelo gemía, perdón, perdón, perdón, después de haberme perseguido a patadas sobre las baldosas mugrientas del apartamento, después de haberme agarrado del pelo para arrastrarme hasta la última esquina del cuarto de baño, por haber hablado demasiado o por no haberlo hecho lo suficiente, cada vez que mi abuela tendía mis sábanas manchadas para que el vecindario entero supiese qué tipo de cochino vivía con ellos, todas aquellas noches, cada vez que tío Arno abandonaba mi dormitorio, mi cama, las sábanas y mi piel cubiertas de babas, de semen, de sangre, y la puerta se cerraba y yo me secaba con el dorso de las manos y me subía los calzoncillos, me tendía sobre el costado izquierdo, encogía las piernas contra el pecho, y abrazaba la almohada.

Y nada más cerrar los ojos oía el crujir de sus dos alas negras a los pies de la cama y el roce acre de sus garras arañando la barra metálica, y el brillo rojo de sus ojos ocupaba el fondo entero de la habitación y sus dos pupilas viscosas se extendían sobre las paredes y se derramaban hasta el suelo, alrededor de mi cama, una masa invertebrada que reptaba sobre el colchón y hasta mi piel cubierta de aquella pulpa ocre que latía cada vez más aprisa a medida que se acercaba a mi garganta, y entonces la Reina Cuervo gritaba y sus alas se abrían sobre la cama y la ciudad entera caía sobre mi pecho hasta casi asfixiarme y entraba en mi boca como un viento arrebatado y tiraba de mí hacia arriba, hasta el techo del dormitorio, como si me desprendiese hacia fuera desde el estómago, una corriente furiosa que me arrastraba escaleras abajo alejándome de aquella casa y arrojándome a la noche. La ciudad tiraba de mí, y yo sentía cómo la Reina Cuervo me sostenía en el aire y cómo después me derramaba contra el vacío como una tempestad, gritando por mí desde mi pecho, envolviéndome al mismo tiempo, cuidando de mí hasta aquel momento en el que era capaz de planear sin su ayuda. Y era entonces cuando la presentía, más abajo, la esencia líquida de la ciudad, el latido denso de aquella savia que era la ciudad misma y que parecía fluir hacia arriba y hacia abajo al mismo tiempo. Nunca llegué a verla de cerca, aquella sustancia orgánica que la organizaba, nunca pude siquiera rozarla porque no sabía qué hacer para descender hasta aquel millón de calles que alimentaban la ciudad y me conformaba con poder deslizarme del lado de la gigantesca muralla ovalada que la contenía, una pared aparentemente interminable, compuesta de algo parecido a un metal de colores oscuros, y que estaba completamente recubierta de grietas, de agujeros resplandecientes que irradiaban una intensísima luz blanca y que daban paso a dormitorios, salitas, cuchitriles, celdas, habitaciones de hospital, millones de ventanas que se descolgaban de aquella pared como un enjambre infinito de luciérnagas eléctricas que intentaba escapar hacia el cielo, lo más lejos posible de la ciudad, de aquellas sombras que se arrastraban allí abajo, de los sueños que la ciudad escupía sin descanso entre excrementos y burbujas de légamo y que estaban condenados a reptar perpetuamente sobre el barro, cortándolo y cortándolo y cortándolo hasta hacerlo sangrar.

A veces, el brillo níveo de alguna de aquellas grietas de la pared desaparecía de pronto y el orificio permanecía completamente a oscuras durante unos segundos. Entonces, la grieta excretaba una especie de esfínter blanduzco y baboso que se agitaba excitado, colérico, contrayendo y dilatando y contrayendo y dilatando y contrayendo sus anillos hasta que, por fin, defecaba un cuerpo sin vida que caía hasta perderse por un momento entre la neblina evaporada por el pantano que eran aquellas calles. Y, enseguida, la ciudad entera parecía encogerse para concentrarse sobre aquel punto, arrastrando con ella a docenas de sueños-gusano que atravesaban el lodo rojizo para abalanzarse sobre el cadáver, y todas aquellas criaturas repugnantes perforaban su carne y lo penetraban, abriéndolo y mutilándolo, esculpiéndolo y modelándolo para darle una forma nueva, y el cuerpo se estremecía y sus miembros se retorcían hasta que los gusanos parecían licuarse sobre aquella piel tan solo un instante antes de que todo aquel fluido sucio se retiraba del cuerpo recién nacido para llover con ferocidad contra las paredes, y el fluido las escalaba y algunas luces titilaban y llegaban a apagarse durante unos instantes de terror frío, y aquel dulcísimo olor a miedo lo encapotaba todo hasta que la ciudad parecía despertar de nuevo y recobraba la respiración y lo único que rompía con aquella calma frígida era aquel hombre nuevo que se tendía en su centro. Y entonces sentía cómo la ciudad se giraba hacia a mí, como si acabase de recordar que yo estaba allí, con ella, nuestras miradas fijas en aquel momento, y la luz de mi dormitorio se apagaba frente de mí, y sus paredes se transformaban en un músculo gelatinoso que se agitaba exhalando una niebla pestilente y que reptaba sobre sí mismo, buscando la salida como una náusea, acercándose cada vez más hacia mí. Y cuando todo el peso de la ciudad volvía y tiraba de mí para arrastrarme hacia abajo, cuando estaba seguro de que mi cuerpo iba a golpear contra el barro, aquel hombre comenzaba a temblar como una leve descarga eléctrica y se arrodillaba, y todavía encorvado, giraba su cuello-anguila hacia atrás y miraba hacia arriba, hacia mí, y sonreía con lo que a mí me parecía una mueca de tristeza, y murmuraba, "*No.*" Todavía no. Y puedo ver a aquel espectro caminando hacia el este y hacia el oeste al mismo tiempo cuando las garras de la Reina Cuervo regresan para apoderarse de mí en el aire, y los dos volamos hacia el cielo y la ventana de mi dormitorio vuelve a brillar y vuelvo a ser succionado hacia dentro por este cuerpo que sueña en mi cama.

Me olvidó durante años, una noche cualquiera dejé de volar y aquella fue la última vez que la vi y jamás regresé a la ciudad. Yo tampoco volví a recordar a la Reina Cuervo hasta ahora que Camila ha muerto y su ausencia me atormenta de una manera insoportable y, ahora, como cuando era niño, solo encuentro alivio en la soledad de las noches, escondido bajo las sábanas, cuando me tiendo sobre el costado izquierdo, encojo las piernas contra el pecho, abrazo la almohada, y desaparezco.

La Reina Cuervo ha vuelto y juntos hemos planeado de nuevo sobre aquella misma ciudad de calles infinitas levantadas sobre sombras de sueños arrastrados. He regresado y esta vez la ciudad me ha dicho, "sé quién eres, me acuerdo de ti, desciende, eres bienvenido," y he podido pasear por estas calles y caminar entre los fantasmas que entierran sus ojos en el barro, y los he visto quemar sus pocos recuerdos con la llama de un cigarrillo inacabado y los he visto sembrar las aceras de agujeros en el alma. Y a veces me siento en el barro y acaricio estas sombras y las recojo y tatúo mi piel con ellas, y mientras me arranco los ojos, resbalo hasta uno de estos charcos de agua turbia y deshago el reflejo de mil constelaciones de estrellas negras, y rápidamente alargo los brazos y, cuando creo que puedo alcanzarlas, mis dedos se cortan con el cristal que las cubre, y no puedo calmar el dolor porque no hay nieve en la calle donde descansar las manos. La nieve, siempre del otro lado de estas ventanas, nevando en los salones, nevando en los dormitorios, palacios blancos rebosantes de nieve para engañar a la serpiente y miedo a mirar a la calle porque esta ciudad es interminable y hay sitio para todos y aquí ya no quedan más noches y solo hay silencio que gotea implacable contra estos charcos. Y maldecimos la lluvia y buscamos en los bolsillos no-sabemos-qué hasta que caemos para retorcernos entre el polvo como insectos mutilados, y nos arrancamos la ropa, y nos pellizcamos la piel, maullando, arrastrándonos para rebuscar entre la basura, sábanas manchadas, orín y semen y sangre y saliva, nuestro nombre de condenado, no lo recordamos, y no podemos gritar porque no sabemos, y escuchamos el graznido de la Reina Cuervo posada sobre las grietas en la pared y su eco nos conmueve, y la Reina Cuervo clava su pico contra el muro como una señal, y nosotros lamemos las ventanas desde este lado, y arañamos los cristales. Nos morimos por entrar en tu habitación y a ti te sacude un escalofrío y te cubres los oídos y ni siquiera quieres mirar hacia aquí, te cagas de miedo, joder.

En alguna parte de la ciudad está el Café Aamón, en el que dicen que uno puede llegar a ver todas las vidas que podría haber vivido. Entro y busco una mesa vacía y me dejo caer sobre la silla. Extiendo los brazos sobre el mantel y le guiño un ojo al camarero, un tipo de forma aceitosa y voz amarillenta que, inmediatamente, repta hacia mí. El camarero del Café Aamón me informa de que, como todas las otras noches, esta noche solo se servirá su cocktail, el néctar de la fruta mágica del saúco y las cuerdas del violín que Paganini le regaló al Diablo rasgadas por los dedos de treinta y un hombres ahorcados. El camarero me sirve el cocktail en un gran vaso de arcilla coloreada y lo remueve y escupe dentro del vaso y remueve y escupe y remueve y escupe provocando un hipnótico tintineo mientras yo espero a que la anciana desgastada de boca negra del Aamón aparezca frente al gran espejo de obsidiana cubierto de telas sucias del fondo del café. Y en ese momento las luces se apagan y alguien enciende unas pocas velas que iluminan el escenario. El café queda completamente en silencio cuando la anciana aparece en el centro de la escena dándonos la espalda. Y todos nos concentramos en ella y contenemos la respiración mientras el camarero se mueve entre las mesas sosteniendo con solemnidad una bandeja de la que nadie puede ver el contenido porque nadie se ha atrevido a incorporarse para averiguarlo. Por fin, el camarero llega hasta el escenario, se arrodilla a la derecha de la anciana, inclina la cabeza lacónicamente, y le ofrece la bandeja. Salivamos expectantes cuando la anciana recoge unas enormes tenazas, las eleva sobre su cabeza, y se las lleva a la boca. El telón que cubre el espejo se abre de pronto y todos aplaudimos como locos cuando por fin podemos ver claramente a la anciana, y ella arquea la espalda, y remueve las tenazas dentro de la boca, y sus dientes empiezan a caer sobre las tablas del escenario, y los retuerce y retuerce con las tenazas hasta que, uno a uno, se separan de las encías, y los escupe contra el espejo y todos aullamos, y su mano izquierda tira de la boca hacia abajo dilatándola hasta desfigurarla y sus grandes pupilas negras brillan feroces contra el reflejo escarlata y nosotros nos llevamos las manos a la cara, cerramos los puños en el aire, y gritamos, aleluya, aleluya, joder, lloramos de felicidad. Y las tenazas caen sobre la madera empapada y la anciana ciega se gira y nos dedica una reverencia y una sonrisa que vierte resplandecientes hilos de sangre desde el foso de carne oscura que es su boca. Comienza a mover la cintura hacia los costados, sus ojos terribles fijos en cada uno de nosotros, y mece los hombros y marca el ritmo chasqueando los dedos, y, cada vez que los chasquea, la llama de las velas se estremece y una suave lluvia de estrellas púrpura nieva sobre esta niebla fosforescente que tapiza el escenario. La anciana baila y nos sobrecoge el verla bailar, y entonces comienza a cantar, poco más que un silbido afilado sobre sus encías ensangrentadas que me conmueve como el recuerdo de una oración en la boca de la madre que nunca llegué a conocer, y seguimos el compás desde nuestras mesas, las cabezas rotando sobre la espina dorsal, y levantamos las manos y las sacudimos en el aire, ooommmmmmmmm, ¡ooommmmmmmmm!, y el zumbido penetra en nuestros vasos y la reverberación crea círculos de sonido interminable que flotan sobre las mesas, y el Aamón parece girar más lentamente y nosotros nos agitamos más y más y más deprisa. El camarero lo graba todo desde el escenario, a la vieja cantante ciega, a nosotros, el fuego de aquí abajo, cada vez más excitados, jadeamos, gritamos,

¡¡ooommmmmmmm!!, ¡¡¡ooommmmmmmmmmm!!! Y, de repente, alguien salta y besa a la cantante, le lame la cara y tira de su pelo hacia atrás y de un mordisco le arranca los labios, y entonces llega otro más, y otro, todas estas bestias saltan sobre ella, se cuelgan de ella, la rompen, ya está en el suelo, el camarero no se pierde un plano, la están desangrando y ella no para de cantar, ¡ooommmmmm!, ooooooooommmmmmmmmmmm…, y, por fin, el telón se cierra y cubre el espejo y ya no podemos ver nada más. Niña, madre, bruja, te devoran, te han despedazado, Luna Negra, muerta hasta que mañana vuelvas a aparecer aquí mismo para volver a ser devorada por todos nosotros.

Ahora, el café parece girar aún más despacio. Algunas veces, sus enormes ruedas nos llevan hacia el futuro, y, otras, se mueven hacia atrás arrastrándonos con ellas. Vuelvo a extender los brazos sobre el mantel y le guiño un ojo al camarero, un tipo de forma aceitosa y voz amarillenta que inmediatamente repta hacia mí. El camarero del Aamón me informa de que, como todas las otras noches, esta noche solo se servirá su cocktail, y mientras espero a que deje de remover el cocktail, giro la cabeza y echo un vistazo a la clientela. En una de las esquinas más alejadas, tío Arno juega a las cartas con el Diablo, y puedo ver una habitación roja reflejada en sus colmillos, y los dos, tío Arno y el Diablo, se dan la mano sobre un cruce de caminos dibujado con tiza a los pies de mi cama abandonada sobre el escenario del Aamón.

Y entonces el café se detiene completamente y una puerta se abre en alguna parte. Nadie parece reparar en Camila cuando entra en el salón. Hace frío, no lo había notado hasta ahora, y Camila no desabotona su viejo abrigo de terciopelo cuando se sienta a mi lado. Cuánto tiempo hace que no la veo vistiendo este abrigo. Dios mío, está preciosa… Camila no puede evitar una tos de timidez cuando cubro su mano con las mías. "¿Desde cuándo vienes aquí?" pregunto. "¿Por qué no me habías dicho nunca que tú también bajabas al café?" pero Camila no responde, parece nerviosa; no termina de estar cómoda. Sus dedos, cortos, como de niña, los echo tanto de menos, están helados. Por qué no soy capaz de verle la cara, tu cara, Camila, qué dices, no te entiendo, pareces desesperada, qué te pasa, "no te entiendo, Camila," y, entonces, por fin, puedo verte la cara, te has apartado el pelo y puedo verte de cerca, tu rostro, no hay nada, está vacío, no te encuentro, quién eres, y el Diablo suelta una carcajada y le pide al camarero que nos filme, a nosotros dos, "¡hey!, ven aquí, date prisa, graba a estos dos… ¡Ella no tiene cara!" y el camarero obedece, cómo se va a perder esto, y salta sobre la mesa apuntando a Camila con el objetivo, y Camila retira su mano de entre las mías para cubrirse, y el Diablo pone cara de asco, y yo la abrazo, a esta mujer, ya no recuerdo su nombre, la acerco hacia mí, la protejo del Aamón, sus ruedas se han puesto en marcha de nuevo, y la mujer tiembla de frío y de miedo, su vaho penetra como una cuchilla hasta mi garganta, y yo la beso en el hombro, en el pelo, en los labios, beso sus pestañas, sus párpados, tus ojos, Camila, ahora puedo verte, y entonces esta última lágrima, no se si es tuya o es mía, se ha desprendido y ha resbalado entre nuestras dos mejillas, y se ha arrojado al vacío cortando la niebla entre mi boca y la tuya, y la lágrima se ha desplomado sobre el vaso de arcilla coloreada que ha estallado en mil pedazos y ha destrozado el gran espejo de obsidiana que hay detrás del telón, sobre el escenario del café; y siento mis ojos abrirse en el barro, moviéndose, buscándome, y te empujo lejos de mí, y cuando consigo salir del Aamón, donde solía venir a contemplar todas las vidas que nunca he tenido, me adentro gritando en mi cuerpo de agua y nado hacia abajo, entre vísceras de madera, hacia un corazón que no late… Y me abandono en las olas, a salvo del sol, buscando una noche profunda y definitiva, a salvo de esas sábanas sucias que flotan allí arriba, a la vista de todos, lejos de mí, a salvo de este cuerpo sin vida que se alarga tendido sobre mi última lágrima.

Inmóvil como la Reina al principio de la partida de ajedrez, siento que el Diablo me mira de reojo cuando termina el tintineo circular de la cuchara en el interior del vaso. Creo que no me quedaré más. Recogeré mis ojos y volveré a mi dormitorio caminando sobre el tiempo malgastado en volver a mi dormitorio, porque la Reina Cuervo aún no ha despertado y todavía sueña conmigo, porque hoy ha caído mi última lágrima y no hay luz en mi habitación y quizá ya no me importe el regreso. No, me quedaré un rato más, jugaré a las cartas con el Diablo que me mira de reojo y *sonríe* desde su esquina en el Aamón, el café en el que puedo ver todas las vidas que nunca tendré, jugaré a las cartas y escucharé a la anciana de boca negra que canta a través del espejo y del tiempo, pasaré el rato mientras espero a que alguna de estas puertas se abra para que entre Camila… Las ruedas del café han empezado a girar y siento que aquí estoy a salvo, mientras el café siga moviéndose; mientras la Reina Cuervo sueñe conmigo, estoy a salvo.

II

Ophélie

El viejo Mehdi pasa las noches sentado en su mecedora, en la veranda, de espaldas a la puerta de la pequeña casa de retorcidas maderas blancas en la que vive con la única compañía de la niebla que baja de La Vieja Dama y del áspero murmullo de las olas del temible Olokun de las Antillas.

Hace ya un año que Ophélie se adentró en el bosque persiguiendo a una de las mariposas de Maman Brigitte. Hace un año que su esposa cruzó las siete puertas de Guinee de la mano de la niña de pelo negro y ojos claros y ya no volvió a verla nunca más. Siete noches, siete lunas, siete puertas, siete tumbas, y, así, en orden, bromeó sobre la vida y sobre la muerte con Barón LaCroix y bebió ron blanco con Ghede Nibo, bailó con Ghede Plumaj y compartió un cigarro con Barón Cimitiere, recibió consejo para el viaje de Ghede Babaco, ofreció comida a los caballos de Barón Kriminel y, por último, el séptimo día, atravesó la Séptima Puerta y el mismísimo Barón Samedi la recibió y, después de hacer girar su bastón varias veces, le dio la bienvenida con una reverencia, y tocó su frente, su pecho y sus ojos, cruzó su brazo con el de ella, y, riendo, la acompañó en su camino hasta el Agua más Profunda.

Mehdi se deja caer en la mecedora cada noche y todas las noches la echa de menos, y cierra sus pequeñísimos ojos de niño y la busca, y el viento, que se mueve con descuido en esta isla sin estrellas, se enreda en su pelo gris y se mete en su boca y sabe a hierba mojada y Mehdi lo deja entrar, y el viento sopla desde dentro y empuja una lágrima a la noche. Y el viejo levanta una mano y, aunque haga meses que sus dedos no han dejado de temblar ni un momento, acaricia con cuidado y con ternura cada recuerdo que viaja en esa lágrima.

Pero el viento le ha traído un mensaje esta noche, y de entre las mil voces que habitan la tiniebla del bosque en esta isla sin luna, Medhi reconoce una risa clara que baja limpia desde el salto de agua de la Boca del Diablo en el que vive Aggayú. Y la risa lo rodea y su melodía lo conmueve, y entreabre los ojos y ajusta sus largos dedos a los brazos de la mecedora. Clava la mirada en el bosque.

Ophélie.

Medhi se levanta y empieza a caminar; descalzo, persigue a la risa hasta los límites del bosque. Pide permiso a Osain, y entra en la floresta, y es Damballa el que le abre paso reptando entre las palmeras y los amancayos y las orquídeas y las rosas, y es Ayida-Wedo, la Serpiente Arcoiris, la esposa de Damballa, la que ilumina el camino de Medhi en esta noche de cielo apagado. Y el viejo cae tres veces y tres veces se levanta, tres veces continúa su carrera hacia el Boca del Diablo, y la jungla se espesa cada vez más, y se aferra a sus tobillos y tira de él hacia atrás; Osain se divierte atormentándolo, y le enreda el cabello hasta arrancarle un mechón, y le pellizca los brazos hasta amoratarlos, y le araña la espalda hasta hacerla sangrar, y Medhi resbala y tropieza y sigue adelante, hacia esta figura que le espera al final de la niebla.

El camino continúa cuando el bosque se abre en el claro que rodea la Boca del Diablo. Damballa serpentea por delante de Medhi durante unos pocos metros y, de pronto, desaparece. Ya no escucha la risa, tampoco el bosque, tan solo el murmullo transparente del agua que cae siseando y que pide silencio desde todas partes. Medhi da unos pocos pasos hacia delante, apenas puede ver algo en esta penumbra, y, entonces, se detiene. El sendero que ha seguido atraviesa una vereda de piedras esmeralda.

Un cruce de caminos.

La llama de una cerilla ilumina una calavera blanca pintada sobre una sonrisa de largos dientes amarillos. Es la figura que había visto desde el bosque. La sombra enciende un cigarro y Medhi puede contemplarlo con claridad durante unos pocos segundos; las gafas oscuras, el sombrero de copa y el traje púrpura, el largo bastón negro de puño plateado, el hedor a ron y a especias. Baron Samedi chupa el cigarro a la vez que examina a Medhi con escepticismo mientras el anciano permanece inmóvil en el mismo centro del cruce, como si estuviese armándose de valor antes de saltar al océano desde un acantilado. Sin dejar de observarlo, Baron Samedi da tres golpes con el bastón sobre las rocas y acerca su cara a la del anciano, levanta la lente derecha de sus gafas, y le muestra una cavidad aparentemente vacía. Sonríe con malicia. Una ráfaga de viento trae una fina lluvia de agua desde la cascada cuando la sombra vuelve a chupar el cigarro con una parsimonia desesperante, acerca su boca a la de Medhi, que está tiritando, expulsa el humo contra su cara, y susurra:

"Estoy bromeando, viejo. Pasa, es por ahí."

Y Baron Samedi señala con el bastón la dirección hacia la cascada, y se echa para atrás y suelta una sonora carcajada que le devuelve la vida al bosque. Medhi le da las gracias con un confuso movimiento de cabeza y cruza al otro lado del sendero.

La lluvia delicada de hace unos segundos se ha transformado en tempestad en el mismo momento en el que Medhi ha pasado al otro lado, y el vendaval que acompaña a la tormenta empuja al anciano hacia todas partes. Está asustado. La risa, las serpientes, la sombra en el cruce de caminos… Y si lo han engañado, dónde se ha metido, ya no sabría volver atrás… Y, entonces, un grupo de grandes mariposas amarillas que vuelan ajenas a la lluvia, pasan por encima de él, y lo envuelven y tiran de él hacia delante, hacia un árbol gigantesco, una ceiba de raíces enormes que protege a dos mujeres de la lluvia.

Recostada sobre una de las raíces verduzcas del árbol hay una niña de mirada clara y larguísimo pelo oscuro que recoge con una corona de flores de llamativos colores; a su lado, de pie, una mujer de profundos ojos negros le sonríe con el gesto de un hada. Medhi se detiene frente a las dos mujeres, y con la misma sutileza con la que se mueven los iwin, los espíritus del bosque, Ophélie desciende hacia Medhi, y por primera vez desde que su esposa desapareció, Medhi también sonríe, y la isla se mueve a su alrededor mientras caminan, el uno hacia el otro, bajo el resplandor velado de la Boca del Diablo. Y sus manos se encuentran, y Medhi recorre con los dedos la cara de Ophélie, le aparta el pelo mojado de la frente y bebe de la lluvia suspendida en sus pestañas, acaricia su nariz de arriba abajo y muerde sus labios. Los viejos amantes se abrazan a través del tiempo, y Medhi cierra los ojos y aprieta los dientes, Ophélie, no puede ser mentira, es Ophélie, ha vuelto para estar con él, y la besa en los labios y ella entrecruza sus dedos por detrás de la cabeza de Medhi como ha hecho siempre cuando él la besa de esta manera. Y Osain recita una canción desde el bosque, y la niña se incorpora y camina despacio hacia los dos. Su rostro parece ahora manchado de blanco, y la lluvia ha arrastrado la pintura hacia abajo y le ha dado a la niña el aspecto de un cadáver, un esqueleto siniestro que se coloca entre Medhi y Ophélie para ofrecerle al anciano una de las flores que decoran su cabello, una orquídea roja de largas espinas amarillas, y Medhi toma la flor entre sus dedos y Ophélie acaricia con tristeza la cabeza de Maman Brigitte que observa con curiosidad al viejo. Y

Ophélie coge la mano de Medhi y la eleva hasta colocar la flor entre sus dos cuerpos, y entonces lo atrae hacia ella y lo abraza una vez más, y las espinas de la orquídea atraviesan sus dedos y atraviesan su piel y Ophélie besa a Medhi por última vez a este lado de las siete puertas de Guinee, y, entonces, una de las espinas amarillas de la orquídea se hunde en el corazón del anciano y Medhi cae sobre la hierba mojada cubierta de pétalos rojos.

Osain amanece riendo a carcajadas, y baila por encima de los árboles y se entretiene enterrando la magia bajo el rocío resplandeciente. Se burla de los sueños de Mawu, la luna, la diosa, de todos los hechizos que se han perdido entre las hojas y las raíces cuando la luz de Lisa ha penetrado en el bosque, y el sol se abre paso como una llamarada buscando la grieta en la que se oculta Aggayú en el claro de la Boca del Diablo, y se detiene cuando sobrevuela el cruce de caminos para esparcir las cenizas del cigarro de Baron Samedi sobre las piedras y remover la hierba y esconder las huellas de los pies descalzos de Maman Brigitte, para desorganizar el lecho de pétalos rojos que se extiende bajo el cuerpo sin vida de un anciano que abraza una flor contra su pecho no lejos del cruce. Y Lisa se inclina sobre la sombra y le arranca la flor de entre las manos, y con ella entre las suyas remonta la cascada, deslizándose con cautela entre las gotas de agua blanca con cuidado de no despertar a Aggayú, y se eleva sobre la jungla y alumbra, por fin, el océano entero, y cuando se sienta para descansar entre las ramas de la gigantesca ceiba que custodia la Boca del Diablo, Lisa busca al viejo Medhi entre la tiniebla que emana del tronco del árbol, y le sonríe y le susurra *bienvenido*, y entonces mira hacia el oeste y contempla el día que se ha abierto delante de él y sopla sobre la palma de su mano abierta para que la orquídea vuele sobre la isla tan leve y tan dulce como un beso de reencuentro.

III

El cementerio de piedra

La piedra oscura de la catedral de Cracovia se agita como un fantasma cansado frente al gélido naranja del sol adormecido. Escalo su pared con la mirada para encontrarme con su viejo cementerio de sepulturas abiertas y de rostros retorcidos bajo la luz de esta llama que agoniza. Y casi puedo escucharlos gritar, su aullido atormentado, Europa descalza sobre un millón de cristales rotos, sus ojos grises de miedo clavados contra los ojos de Medusa interminable. Y cuando el sol desaparece definitïvamente tras la catedral, el silencio y las estrellas y la luna y todas las torres de la ciudad que ahora me parecen mástiles, se mecen brillando sobre este oleaje tranquilo que es la bruma nocturna de Cracovia, flotando entre los copos de una preciosa nevada de marzo que no es como la de aquella noche maldita, cuando la sonrisa torcida de la luna negra envolvió el firmamento entero y la ciudad resplandecía de miedo y Lilith bailaba allí arriba indiferente, a salvo de los condenados, libre sobre el gueto.

¿A qué sabe una lágrima de demonio?

Cuando pienso en los soldados alemanes que cruzaron la nieve aquella noche frente a estas mismas miradas prisioneras del cementerio de la pared, los imagino casi niños, aunque entonces solo concibiese espectros, sombras malvadas, el terror absoluto. Ahora imagino a aquellos soldados sentados ordenadamente, en dos filas, unos frente a otros, y los imagino jugando con los dedos, aburridos, entumecidos, impacientes por abandonar los camiones, ajustándose las correas, las miradas fijas en las botas, soñando con madres y padres y hermanos, en novias, quizá. Madres y padres y hermanos y novias de camino hacia Podgórze, Europa a la caza de la misma Europa de ojos vidriosos que los espera en el gueto, Europa, hija de Agenor, rey de Tiro, esperando aterrorizada a que se cumpla lo escrito y llegue la hora de ser violada por sus hijos en su mismo nombre.

Nos despertó el estruendo sordo de los motores. Los camiones de las SS irrumpieron en nuestra calle como una tormenta, y, enseguida, sin darnos tiempo a reaccionar, los gritos y las carreras y el eco metálico de los fusiles y de las correas, aquel redoble opaco de las pisadas, anegaron todos los pasillos escaleras arriba hasta asfixiarnos. Rápidamente, salimos de las camas y nos apelotonamos en el centro de aquella habitación, un enjambre de peces viscosos de ojos blancos boqueando desesperados, branquias palpitantes en busca de oxígeno, finísimos cuerpos de gelatina resbalando alrededor de otros cuerpos, estirándonos y doblándonos y encogiéndonos, sin apenas espacio para nadar, ahogándonos en aquel fluido sofocante de escamas macilentas, muertos de miedo a lo que fuera que se estaba aproximando a nosotros desde la superficie.

Perdido en alguna parte de aquella ciénaga de lodo oscuro, yo buscaba a mi madre, y cuando, por fin, logré encontrarla, no supe reconocerla. Abandonada entre dos camas recién desocupadas, mi madre temblaba recostada contra la pared, anudando sus piernas con aquellos brazos suyos, tan delgados. Y ahora puedo ver aquel rostro de nuevo, esculpido sobre estos muros de la catedral, su miedo insoportable, su dolor atrapado para siempre en el tiempo, pero también aquel brillo de rabia en sus ojos húmedos cuando, al verme, desató los brazos y me los ofreció contra todo. Mi madre, tan frágil, tan feroz. Corrí hacia ella, hacia sus manos de ángel, y sujeté su pelo con mis dedos para no soltarlo nunca mientras los gritos de los soldados penetraban en la habitación desde todas partes cincelando la noche con odio.

El edificio entero se estremeció cuando la puerta del portal se abrió de una patada. Como si un hipnotizador acabase de chasquear los dedos frente a nosotros, todos nos quedamos completamente paralizados y la habitación se transformó en un bosque de ojos varados; flotábamos inmóviles, suspendidos de una finísima soga que estaba a punto de romperse. Los SS avanzaban rápidamente escaleras arriba, abriendo puertas y sacando gente a los pasillos, arrastrando con ellos aquella confusión de órdenes y de maldiciones, los aullidos de dolor de las personas que eran arrojadas a las escaleras, todas aquellas lágrimas, las súplicas, por favor, por favor, no, por favor, no, yo no, y aquel primer disparo, y cómo nos encogimos todos al escucharlo. Mi cuerpo pegado al de mi madre.

"Arthur, mi Arthur…"

Los soldados no tardaron en llegar al cuarto piso. Entraron en nuestra habitación como un rugido, vociferando en alemán y en polaco, empujando a los ancianos contra las paredes, arrastrando a las mujeres de las piernas, de la garganta, del pelo, golpeándolas a patadas cuando caían al suelo, obligándolas a reptar hacia la salida, amontonándolas en el pasillo. Aquel soldado caminó hacia a nosotros dos, y, temblando de cólera, ordenó a mi madre que me soltase y saliese inmediatamente a las escaleras. Ella no contestó. Me abrazó con más fuerza y me besó y empezó a rezar, y Lilith, fascinada, lo contemplaba todo a través de los cristales partidos de aquellas ventanas. El soldado empuñó su *Luger*, la acercó a la cabeza de mi madre, y disparo dos veces entre sus ojos. Su cuerpo se desplomó entre mis brazos, y mis manos, empapadas de sangre, soltaron espantadas el cabello de aquel muñeco. Instintivamente, giré la cabeza para mirar al soldado y mis ojos se detuvieron sobre los suyos, los ojos amarillos de un chico de diecisiete o dieciocho años que estaba llorando.

¿A qué sabe una lágrima de demonio?

El resto es una historia que ya se ha repetido cientos de veces, en aquella, en otras mil guerras. Aquella noche, los nazis asesinaron a todos los ancianos que vivían en nuestro edificio. Entre el doce y el trece de marzo de mil novecientos cuarenta y tres, dos mil personas consideradas incapaces para trabajar fueron ejecutadas en Podgórze por soldados de las SS. Los demás comenzamos, bajo aquella sonrisa torcida de la luna negra de Cracovia, un espantoso viaje que duró, para los pocos que sobrevivimos, un año y medio, desde Podgórze hasta el Campo de Plaszów, y, desde allí, hasta Auschwitz. He vivido en Lublin desde la liberación de Auschwitz en mil novecientos cuarenta y cinco, primero con el siempre taciturno tío Marek, otro superviviente de los campos, y, después, ya no soy capaz de recordar desde cuándo, junto a Izolda, mi compañera, mi esposa, mi amor.

Y hoy que puedo abrazar a unos nietos que tienen la misma edad que aquel soldado, regreso a Cracovia en una noche de marzo, porque me da miedo olvidar y quiero respirar cada sombra en el viento, y acariciar con los dedos el tiempo que quedó aquí atrapado; porque sé que él también ha vuelto a Cracovia y que sus ojos me estarán buscando, porque él tampoco ha querido olvidar y cada copo trémulo de nieve esta noche es una lágrima de demonio.

IV

Anna Liffey

Salió del coche y lanzó una mirada curiosa a su alrededor. Todo parecía tan cambiado.

Comenzó a caminar con cautela, pero con pasos firmes. Sacó una mano del bolsillo y la movió en el aire para que pudiera encontrarse con aquella lluvia ligera que el viento traía desde la bahía, y llevó los dedos hasta la boca y mojó los labios con aquellas gotas heladas y dulces. Sonrió. La lluvia sabía igual que entonces.

Estaba de vuelta en Dublín, y se sintió orgullosa de recordar el camino hasta el apartamento después de todo aquel tiempo. Cruzó el puente de O´Connell Street, giró a la derecha, y paseó unos minutos junto al curso del Liffey. Anna Liffey, Ana Livia Plurabelle, el río de Dublín es una mujer, y también la marca que abre la ciudad separándola en dos partes, el norte, popular, católico, juerguista y pendenciero, la ciudad de Joyce, de Lynott y de Behan, y el sur protestante, excéntrico, ilustrado y bien vestido, el Dublín de Beckett, de Bacon y de Wilde. No están mal, joder, ninguna de las dos, pero creo que me quedo con el norte, Phil Lynott decide, pensó, dedicándole un guiño a Anna Liffey.

Se abotonó la chaqueta, la lluvia arreciaba, y cruzó la calle nada más dejar atrás Custom House. Caminó hacia el páramo que seguía siendo Amiens Street. Aquí había una estación de autobuses, pensó mientras colocaba el cabello bajo la capucha frente a la desangelada entrada de un centro comercial aparentemente vacío. Por supuesto, un centro comercial, qué otra cosa podría ser, pensó, el capitalismo no pierde el tiempo, es incapaz de parar, la misma canción de siempre en todas partes… Ok, ok, ok, para ya, eres un coñazo, tú tampoco puedes parar, siempre lo mismo… Y rio en voz alta.

Caminó calle arriba y se detuvo junto a un árbol escuálido con aspecto de haber estado enfermo demasiado tiempo, como la calle. Estiró el brazo hasta tocar el tronco desnudo, y, al tiempo que se mordía los labios, cerró los ojos.

De alguna manera, hacía años, su vida había comenzado allí, en aquel minúsculo estudio de Amiens Street. Allí es donde había aprendido a vivir. Cuántas veces había bailado con sus sueños en aquel dormitorio y cuántas había encontrado un lugar en sus pupilas para una nueva historia, papeles repletos de una tinta tan densa como el café, las risas y los abrazos y los besos en silencio sobre aquella moqueta sucia, tendida entre botellas vacías, su corazón latiendo deprisa hacia cualquier parte desde allí dentro, el sol contando las horas, y la luna, de temperamento caprichoso, respondiendo a sus preguntas solo cuando le apetecía, ¿piensas que voy a ser feliz? Y la lluvia resbalando despacio al otro lado del cristal como ahora hacía sobre las palmas de sus dos manos abiertas.

Él la esperaba dentro del coche. La Velvet Underground tocaba *Femme Fatale* en el estéreo. Reconoció a su mujer caminando de regreso bajo la lluvia. "¿No es preciosa?" pensó. Subió el volumen cuando su parte favorita estaba a punto de llegar, cuando Nico prácticamente susurra por encima de la voz de Lou Reed, "...*To see the way she moves, to hear the way she talks*..." Date prisa, amor, quiero besarte...

La lluvia paró y sus pestañas se abrieron y dejaron paso a sus dos ojos verdes. Descubrió la cabeza y su pelo se enredó entre las ramas secas del árbol cuando lo dejaba atrás. Volvió a reír. Sí, lo había sido, había sido tan feliz allí, y era tan feliz ahora. Caminaba Amiens Street abajo cuando se dio cuenta de que había olvidado algo importante. Giró la cabeza, cerró los ojos, y envió un beso al cielo con la mano.

"Gracias," dijo.

Volvía a llover cuando cruzó el puente de O´Connell de vuelta al coche; sonrió al ver a su marido y lo saludó con la mano. Solo esperaba que, por todos los diablos, no estuviese escuchando a ese coñazo de Lou Reed otra vez.

V

La marca

Una noche de luna de sangre, aquella fue la señal. La luna desapareció y tú lanzaste tus dos alas blancas de ángel contra la pared y las rompiste en mil pedazos. Te desnudaste, recogiste los trozos esparcidos por el suelo de tu dormitorio, y los hundiste dentro de ti como ellas te habían enseñado a hacerlo. Cortaste y cortaste con aquellas esquirlas empapadas en el aceite de las hadas hasta que tus tejidos se abrieron y clavaste los dedos en las heridas y tiraste de la carne hacia dentro y recitaste el hechizo y cantaste y bailaste sobre las llamas oscuras mientras quemabas tu piel, y el rumor de la voz del hongo sagrado te sedujo y te tumbaste sobre el altar y el Diablo te atravesó y te atravesó y te atravesó hasta que recibiste la marca y la blasfemia se consumó, y así sellasteis el pacto y tú también fuiste demonio y ya no pudiste ver más la luz.

Y ya era tarde cuando la luna reapareció tras las ventanas para prevenirte y te descubrió sola y desnuda, y de tu piel ya no quedaban más que cenizas y polvo, estabas en carne viva, y te asustaste y te escondiste de aquel resplandor dentro de un saco de arañas y te dejaste arrastrar por ellas y su tela viscosa de muerte y las arañas te envenenaron y se bebieron lo que quedaba de ti. Te marchaste y solamente regresabas cuando dormías, cada vez que conjurabas la lluvia y esta habitación te reconocía, tu brazo muerto y la piel calcinada sobre el suelo, la cuchara herrumbrosa, y esperabas a que la habitación tirase hacia abajo de aquel gancho clavado en tu brazo y te succionase, y desaparecías para aparecer por el otro lado, morir un poco para estar viva otra eternidad y no querer despertar.

Entonces tu piel estaba aún cubierta de las espinas amargas de la hiedra, y todavía escupías fuego amarillo desde tus ojos redondos de niña vampiro, y apretabas los dientes y te burlabas de mi miedo y de mi culpa, y eras todo colmillos y eras asco y eras desprecio, y aprendiste a hacer que lloviesen serpientes negras aquí dentro y te bañaste con ellas, y aquellas gotas atroces se retorcían sobre tu cuerpo y te envolvían y te asfixiaban y tú te estremecías de éxtasis y me obligabas a mirarte mientras desaparecías, invencible y venenosa mientras las brujas cuidaban de ti.

Pero las cosas han cambiado y hace tiempo que ya no hay fuego en tus ojos. Echada sobre cualquier acera del centro, tiemblas como una gata enferma, te arrastras de esquina en esquina como el cadáver de una oruga que no sabe que ya está muerta, llorando, aullando desesperada, sedienta, buscas a las brujas. Te he seguido hasta las calles más sucias de la ciudad y te he visto arañar las paredes con las uñas rotas, tus ojos en blanco, gateando sobre los reflejos del neón en el asfalto, sobre los vómitos y los escupitajos y las colillas aún calientes de todos esos cigarrillos inacabados. Echabas de menos tus alas, joder, no eras capaz de sostenerte sobre las rodillas. Y también he visto cómo besabas y cómo te dejabas besar a cambio de unos billetes, gimiendo de dolor y de vergüenza mientras lo hacías, suplicando, pidiendo siempre un poco más a cambio de cualquier cosa, masticando asustada los cristales de cualquier espejo, con miedo a reconocerte, tu rostro que no es el tuyo.

Pero anoche te vi sonreír, a salvo de la sed y de las luces, sonreías tendida contra uno de estos rincones de tu habitación, dormida, después de la aguja, suave y limpia como una nana, pálida y sagrada como una primera nevada, sangraste una lágrima inmaculada que ardió brazo abajo entre las costras y el pus, y abriste los ojos, y sonreíste como aquel ángel que fuiste, y entonces te odié, porque amo tanto esta sonrisa y ya no sé cómo quererte.

Y entendí que ya no ibas a volver, y que nunca más volverás a llamarme *papá*, porque ha pasado mucho tiempo y ya no sabrías cómo hacerlo. Así que esta noche he salido y he buscado uno de los cruces de caminos que se esconden detrás del vapor y de la lluvia que cae más allá de las torres de ruido y electricidad de la ciudad, y he invocado a las brujas y ellas me han entregado el hongo sagrado a cambio de una última lágrima, y nunca más tendrás que reptar hasta aquí arriba para salir a buscarlo.

Esta noche he entrado en tu dormitorio, y he cerrado la puerta y he cerrado las ventanas, y he corrido las cortinas y he pasado unas cuerdas alrededor de tu piel que era de espinas y ahora no es más que úlceras y tumores. Te he atado a la cama y he encontrado la marca que el Diablo grabó sobre tu piel aquella noche, y he hecho lo que me han ordenado las brujas y he esperado a que sonasen las señales de su campana, y entonces he clavado los tres ganchos en tu carne, *uno*, *dos*, *tres*, y he recitado el conjuro y tu cuerpo ya ha comenzado a agitarse, y te he cogido de la mano y ahora espero a las serpientes sentado a tu lado, y espero a que la lluvia oscura caiga y nos empape a los dos y tu sangre salpique las fisuras en las maderas rotas del suelo para que la habitación la beba y te reconozca y tire de estos ganchos hacia abajo y hacia abajo y hasta lo más profundo y para siempre, para que despiertes al otro lado, para volver a verte y estar contigo esta noche y todas las otras noches, porque te echo tanto de menos, cariño, te quiero.

VI

Treinta y una sogas

Aquella mañana hacía demasiado calor. Aunque el otoño había llegado hacía ya algunos días, en Bassano del Grappa todavía era verano, y la temperatura y la humedad eran casi insoportables en mi pequeña oficina, un cuartucho sin ventilación en la redacción del Giornale di Vicenza. No había nada que hacer, de hecho, estaba solo. Hacía días que ni Giorgio ni Enrico pasaban por la redacción, y no les culpaba, quién podría hacerlo; al fin y al cabo, ellos tenían familia, mujer, hijos, y yo estaba solo, no tenía a nadie, y lo cierto es que no tenía nada mejor que hacer que acudir todas las mañanas a aquella oficina infecta, no había siquiera agua corriente, y pasar el día entero leyendo y escribiendo, encerrado, fingiendo normalidad, simulando que todo lo que ocurría detrás de aquellas paredes sin ventanas no era extraño, como si la guerra no hubiese convertido la ciudad, la provincia entera, en un manicomio en el que víctimas y verdugos se saludaban sonriendo en la calle, donde la desconfianza y el miedo, la paranoia, la traición, eran el salvavidas de los más cuerdos, porque todos sabíamos que el infierno ya no era un cuento para las viejas, que, de hecho, estaba allí mismo, en el valle, bajo la sombra del Grappa. Y yo me

escondía de todos ellos, del infierno, de los cuerdos, de las víctimas y de los verdugos, en aquella oficina de la calle Manardi.

Hacía pocos días que el Alto Mando alemán había lanzado la Operación Piave. La Línea Gótica, la cadena de fortificaciones defensivas que la Wehrmacht había levantado a lo largo de los Apeninos, había sido traspasada varias veces desde agosto, y las vías al este y al oeste del Monte Grappa eran dos de las salidas estratégicas con las que el ejército alemán contaba para un eventual repliegue hacia el norte. El veinte de septiembre de mil novecientos cuarenta y cuatro, diez mil hombres fueron movilizados para dar caza a los poco más de mil partisanos que vivían en aquellas montañas, soldados de las SS y de la Wehrmacht, voluntarios ucranianos, camisas negras y miembros de la Guardia Nacional Republicana que se lanzaron sobre la comarca con la furia de un enjambre de avispas. Y, entonces, las puertas al averno en el valle del Grappa se abrieron y todos pudimos ver el rostro del mismísimo Diablo.

El ambiente era, como se dice, irrespirable, cualquiera podía ser sospechoso de haber dado algún tipo de ayuda a los partisanos, no eran pocas las familias que tenían a alguno de los suyos allí arriba, en alguna de las brigadas escondidas en el monte. El valle entero vivía aterrorizado, el miedo a que la Guardia Nacional Republicana tocase tu puerta, el miedo a que tu vecino te denunciase a los camisas negras, por venganza o por

nada. En cuanto a mí, yo no tenía amigos, apenas llevaba unos meses en la ciudad y no había hecho ningún esfuerzo por conocer a nadie. Nunca los he necesitado, amigos, camaradas; digamos que soy lo que algunos llamarían un misántropo, no me encuentro cómodo entre la gente, así que tampoco tenía enemigos que yo supiese, y hacía todo lo que estaba en mis manos para que aquel miedo no me tocase, para verlo pasar de lejos, aunque fuese casi imposible no contagiarse de aquella pestilente enfermedad que había caído como una sombra sobre la ciudad ocupada.

No eran todavía las once cuando decidí que si continuaba inspeccionando el interior de aquella bombilla de luz agostada iba a volverme ciego, y, también, con toda probabilidad, loco. A pesar del calor, cogí la chaqueta, eran otros tiempos, bajé a la calle, y crucé bajo la cubierta de madera del imponente Ponte Vecchio con dirección al centro. Calles vacías, no me crucé con nadie durante mi corto paseo hasta la plaza Garibaldi. Arrastraba las pisadas a través de aquel desolado decorado con temor a estar quebrantando algún precepto que desconocía, caminando en compañía de aquellos carteles crueles con los que Herbert Andorfer, el teniente de las SS al mando de la Operación Piave, había empapelado la ciudad entera, salid de vuestro escondite, presentaos ante mí, arrastraos hasta aquí y pedid perdón y yo os lo concederé y lo olvidaré todo, entregaos y convertíos en uno de nosotros. Bastardo hijo de la gran puta. Giré a la derecha y caminé más aprisa calle abajo, a lo largo de la trasera de la plaza

Vittorio Emanuele. Aquella calma tan pesada, aquella pequeña muerte, parecía estar jugando conmigo, como si ansiase retenerme entre aquellas avenidas fantasma y sus presagios de sangre en las paredes para devorarme un poco más tarde. Respiré aliviado cuando, nada más entrar en la plaza, pude ver un pequeño grupo de personas que charlaban alrededor de la fuente. Poco me importó que todos ellos fuesen miembros de la Guardia Nacional Republicana, al menos podían pasar por humanos. Pasé a su lado y saludé con la cabeza; ellos me devolvieron el saludo educadamente, y cóntinuaron conversando a un volumen discreto.

"¡Buenos días, *dottore*!" me saludó, sorprendido, Maurizio, dueño y único trabajador del Moretti. Lo había despertado, yo debía de ser el primer cliente de la mañana.

"Maurizio, no me llames doctor, te lo ruego una vez más; pero si ya ni siquiera soy periodista, maldita sea. O me llamas Luka, o no me llames nada…"

"¡Lo siento mucho, *dottore*!" Maurizio parecía perplejo. "¿Un café, *dottore*?"

No volví a intentarlo; cada vez que entraba en el Moretti, Maurizio me convertía en un candidato al Nobel.

"Sí. Gracias, Maurizio."

Nunca lo había visto vacío, el Moretti era el café más popular del centro y siempre estaba abarrotado desde

primera hora de la mañana. Parecía inmenso, su largo pasillo de baldosas blancas y negras avanzaba hasta el infinito en cuanto penetraba dentro del espejo que cerraba el salón, mientras que el enorme ventanal abierto a su izquierda empapaba las mesas de una luz tan frágil, tan azulada, que parecía líquida y que, por un momento, me convenció de estar viviendo una hermosa ensoñación. Al Moretti le sentaba bien la guerra.

"¡Su *espresso*, *dottore*!" Maurizio sirvió el *espresso* sobre la barra con cuidado de no derramar el café, apoyó los codos sobre el mármol, y acercó su cabeza a la mía con ademán de conspirador. Agradecí que rebajase el volumen. "¿Qué va a pasar, *dottore*?" preguntó, casi murmurando.

"¿Qué va a pasar...? No lo sé, Maurizio; no lo sé... Nada bueno, supongo," contesté dirigiéndome hacia nuestro reflejo al final de pasillo.

No me dio tiempo a beber el café. De pronto, todos aquellos tipos de la Guardia Nacional echaron a correr en la calle y Maurizio y yo nos sobresaltamos...

"*¡Dottore!*"

Corrí hacia la puerta y me quedé allí, sin llegar a salir a la calle. Asomé la cabeza y vi como el último de los soldados desaparecía por la entrada a Battista Barbieri. Y, entonces, voces por todas partes. Qué decían. Era la ciudad que despertaba de pronto o acaso era el comienzo de otro mal sueño. La plaza todavía estaba vacía, pero, poco a poco, el aire se iba cargando con aquella cacofonía odiosa y su música estridente de palabras incomprensibles y lamentos desesperados y risas de júbilo y aullidos de horror y gritos de entusiasmo. Maurizio llegó hasta la puerta; temblaba.

"Perdóneme, *dottore*… Creo que sería mejor que cerrase…"

"Claro, Maurizio, no te preocupes. Vámonos."

"Gracias, *dottore*… Luka. Tenga cuidado."

Era la primera vez que me llamaba por mi nombre, después de tanto tiempo. Sonreí.

"Tú también, Maurizio. Nos vemos mañana."

Salí a la plaza con la determinación de regresar inmediatamente a la oficina, pero, más por miedo que por cualquier tipo de afán investigador, reconozco que no me atrevía a hacer el camino de vuelta a través de aquellas calles deshabitadas, decidí seguir a los soldados hacia la fuente de aquella música demente y caminar hacia Battista Barbieri. Y como si aquella decisión hubiese roto algún tipo de ventana intangible, las voces empezaron a llegar con más nitidez, punzantes como un mal presagio, y, al mismo tiempo, varias personas aparecieron en la calle para hacer el mismo recorrido que yo. Caminamos calle arriba hacia la avenida Venecia y perseguimos aquel rumor hechizados, como los niños condenados por los pecados de sus padres habían seguido al flautista despiadado en Hamelin. Un numeroso grupo de gente se agolpaba al final de la calle, sin atreverse a entrar en la avenida, y, tras ellos, el ladrido ahogado de un motor parecía ordenar todo aquel estrépito a nuestro alrededor. Reparé en la figura solitaria de un niño que no tendría más de ocho años. El chico estaba sentado en la acera, a unos metros de distancia de aquel grupo, apoyando la espalda contra la pared, y, aunque era imposible que pudiese ver nada, mantenía la mirada absorto en lo que fuera que estaba pasando más allá de la multitud. Me detuve a su lado; lo reconocí al instante, Alessio, uno de los amigos de los hijos de Enrico. Aunque viviesen en Pove, todos asistían al colegio en Bassano. Me agaché hasta ponerme a su altura.

"Alessio, ¿qué pasa? ¿Estás bien?"

"Los están colgando…" Alessio no se había movido para contestarme, solo era capaz de mirar hacia las espaldas de aquella muchedumbre. "Giovanni, Silvio, Armando… Los están colgando… Nos han sacado de clase para que pudiésemos verlo, cómo los matan…"

Y entonces se giró para mirarme, para pedirme explicaciones, indefenso, minúsculo. Alessio no pertenecía a aquel momento, estaba demasiado limpio como para comprender lo que fuese que estaba ocurriendo al otro lado.

Los están colgando.

Abandoné a Alessio solo sobre la acera. No supe qué decirle, creo que ni siquiera me despedí. Me levanté y me abrí paso entre la gente, con demasiada facilidad, como si aquellas personas agradeciesen que alguien hubiese decidido tomar el relevo para estar en primera fila. Y cuando, al fin, pisé la avenida, pude comprenderlo todo.

La imagen que tenía delante de mí era monstruosa, de una atrocidad inimaginable. De cada uno de los árboles alineados al otro lado de la calle colgaba un hombre, una procesión impía de cuerpos tensos que parecían levitar, uno detrás de otro, una procesión blasfema, las manos atadas a la espalda, los pies suspendidos a unos pocos centímetros del suelo, ahorcados, los estaban asesinando delante de todos, y ninguno de nosotros tenía el valor de siquiera compartir la misma calle con ellos. Algunos estaban todavía vivos, maniatados, encadenados a la muerte por la garganta, aun lo intentaban. Frente a mí, el cuerpo de un adolescente temblaba palpitando con brevísimas sacudidas que lo hacían oscilar ligeramente hacia los lados, los ojos enrojecidos y la boca retorcida, como si escudriñase un fluido extraño en busca de oxígeno. Junto a él, dos voluntarios de la Fiamme Bianche, miembros de las juventudes del partido fascista, tan jóvenes como él, se divertían golpeándole el abdomen a patadas. Reconocí a uno de ellos, Dante Spina, todo el valle lo conocía, un delincuente de poca monta que vivía con su madre en Marostica, a pocos kilómetros de Bassano, un imbécil con demasiados problemas que, como tantos, había encontrado en la Fiamme Bianche la manera de blanquear sus pecados, de poder comportarse como el maníaco que era sin temor a las consecuencias. Un poco más arriba, a mi derecha, un camión de la Wehrmacht transportaba más prisioneros.

Dos soldados alemanes custodiaban a los condenados amontonados en la trasera del vehículo. El camión se movía con una lentitud agónica, prácticamente pegado a los árboles, y, mientras que uno de los soldados inyectaba algún tipo de tranquilizante a los reos, el otro cuidaba de que algo parecido a un cable blanco se desenrollase con fluidez. Seguí el recorrido de aquel cable entre los árboles tratando de comprender el sistema que aquellos maníacos estaban utilizando, y, cuando llegué a su final, reconocí el rostro malvado de Tausch, el verdugo, organizándolo todo desde la misma tripa de la pesadilla. Karl Franz Tausch, un hijo de puta de cuidado, un psicópata de solo veintidós años que ya era especialista en la guerra sucia anti partisana, se frotaba las manos excitado al tiempo que daba meticulosas instrucciones a los voluntarios italianos que estaban ahorcando a sus compatriotas. El alemán brillaba desde el centro del escenario, coordinando las ejecuciones, se divertía, ángel exterminador; disfrutaba de su trabajo. Aquellos hombres estaban siendo asfixiados por el mismo cable telefónico que flotaba de árbol en árbol como una espantosa tela de araña. Cada vez que el camión se detenía junto a un árbol, Tausch se deslizaba hasta los adolescentes italianos encargados de ejecutar los asesinatos, y, con la paciencia del buen maestro, explicaba la manera de enhebrar el cable y explicaba cómo se tenían que rodear aquellas gargantas para estrangularlas con habilidad y explicaba el modo más práctico de colgar aquella carne de los árboles, y, después, manos a la espalda, contemplaba con una mueca de orgullo cómo sus instrucciones se cumplían con escrúpulo y otro ser humano era colgado por el cuello para hacerlo morir. Y en cuanto un hombre era ahorcado, el camión volvía a ponerse en marcha y tensaba el cable de manera que se hundiese, todavía más, contra las gargantas de todos aquellos cadáveres que iba dejando atrás.

Jamás había visto una demostración de crueldad semejante, incluso durante aquel desgraciado período de guerra. Aquellos muchachos se habían presentado voluntariamente ante sus verdugos, estaba seguro de que la mayoría de ellos ni siquiera tenía nada que ver con los partisanos de la montaña. Desde el ayuntamiento se había animado a que los jóvenes se entregasen a las autoridades, también lo habían hecho sus madres, sus padres, sus maestros, presentaos a la Guardia, no habéis hecho nada, qué tenéis que temer. Y, ahora, aquellas madres veían a sus hijos ahorcados delante de ellas, y aquellos pocos metros del ancho de la avenida eran un abismo insalvable infestado de demonios y sus hijos estaban muriendo en aquel pavoroso Gólgota, tan lejos, tan solos, huérfanos. Qué tenéis que temer.

Y entonces la vi.

En el centro de la calle, inmóvil, aparentemente a salvo de aquel terror, indiferente a aquella escena ominosa que se representaba a su alrededor, una mujer velaba el cuerpo de uno de los hombres que acababan de ser ahorcados. El chico no había fallecido todavía y su cuerpo se agitaba con la angustia de una larva que luchase por abandonar la epidermis muerta, y, sin embargo, no me pareció que aquella mujer mostrase algún signo de abatimiento o desconsuelo. Distante frente a aquel patíbulo, parecía que se limitase a esperar a que el chico muriese, nada más. Sí noté cómo no dejaban de mirarse a los ojos, como si existiese algún tipo de comunicación entre los dos. ¿Quiénes eran? Nunca los había visto en el valle. A pesar de no llevar demasiado tiempo allí, conocía las caras de todas las personas que estaban siendo asesinadas, conocía incluso a algunos de sus asesinos y, sin embargo, aquellos dos rostros eran completamente desconocidos para mí. Además, y esto era lo más extraño, aquella mujer *no encajaba*, que era, de alguna manera, una incongruencia, no solo por su manera de comportarse, su absoluta falta de temor hacia los soldados, su insólito estoicismo, sino, también, por su aspecto, por su vestido, de un terciopelo negro recorrido por delicados arroyos de elaborados diseños escarlata, ajustado, largo hasta llegar a rozar el suelo, impecable, hermosísimo, demasiado elegante para un lugar y una época de guerra como aquella, pero pasado de moda incluso para una capital de provincias como Bassano, y el peinado, su pelo larguísimo, rojo como la lava, ondulado como una llama, adornado con varias joyas de inspiración etrusca, y su piel, blanca como la muerte, casi transparente, era imposible que hubiese sido expuesta un solo día al sol de aquel verano interminable…

Y, de repente, se giró hacia mí. Giró la cabeza y clavó sus dos ojos de loba en los míos, dos lunas de sangre que, no sé cómo pudieron hacerlo, se vertieron dentro de mí para examinarme, para interrogarme. Y en un instante sentí que me vaciaba, que mi alma me abandonaba. Mi corazón se había detenido y no tenía ninguna manera de defenderme ante aquella profanación. Y sentí su cólera, cómo era posible que yo la hubiese descubierto, aquello no estaba previsto, ninguno de nosotros, lo que quiera que fuésemos para ella, deberíamos haberla visto, y no era capaz de encontrar la respuesta dentro de mí y aullaba furiosa desde mi estómago; y también pude sufrir su dolor infinito, el amor que había sentido por aquel crucificado, la amargura de aquella separación, y entonces mi corazón empezó a bombear sangre de nuevo, y *supe* que mi sangre ya no me pertenecía, que mi corazón había empezado a latir al mismo ritmo que el de aquella mujer, que dejaría de hacerlo en el momento en que ella lo decidiese.

Los dos voluntarios que habían torturado al chico que agonizaba más abajo llegaron a la carrera hasta aquel árbol, y, entonces, lo que fuese que me había esposado a la voluntad de aquella mujer, me abandonó. De la misma manera que habían hecho un poco antes, aquellos dos lunáticos la emprendieron a patadas contra el cuerpo del hombre colgado de aquel árbol. A pocos metros de distancia, Tausch seguía el episodio complacido por la sádica determinación de los dos muchachos. Dante, bañado en sudor, encendido de rabia, saltó de pronto sobre el ahorcado y todos nos echamos hacia atrás horrorizados, aunque nadie fuese capaz de siquiera gritar, como si aquella mañana implacable hubiese acabado de amordazarnos. Inmediatamente, el otro soldado lo emuló y también se colgó de aquel cuerpo. Los dos echaban espuma por la nariz, eran dos mantis excitadas por el hallazgo de una presa con vida y clavaban las espinas de sus brazos sobre el torso del ahorcado para arrastrarlo hacia abajo una y otra vez. Estoy seguro de habrían acabado decapitándolo si aquella mujer no hubiese intervenido. No la vi moverse, simplemente ya estaba allí, bajo el muchacho, entre aquellos dos insectos abominables.

"Marchaos, dejadlo morir en paz," ordenó.

Y los dos voluntarios se detuvieron, quedaron paralizados de inmediato, dos serpientes petrificadas a los lados de la Magdalena, y ella levantó su mano izquierda para acariciar con los dedos el pecho del joven moribundo y, pronunciando cada palabra de la manera más delicada, solamente dijo, "puedes irte, Vulca; eres libre," y al tiempo que sentía cómo la vida abandonaba definitivamente a aquel hombre, un violento resplandor me golpeó desde el lugar que hasta hacía unos segundos había ocupado aquella mujer, el halo siniestro de un odio puro e implacable, un terror glacial, lacerante, la primera llamarada de la más blasfema de las venganzas.

☾

Temblando de miedo, desconcertado, sobrecogido por todo lo que acababa de experimentar, fui vomitado de vuelta a la calle, o, para ser más preciso, sentí cómo aquel espacio extraordinario que de manera inexplicable me había contenido entre dos realidades simultáneas se plegaba, y lo único que permanecía conmigo eran aquella atrocidad que seguía sucediéndose a lo largo de la avenida y la conmoción de toda aquella gente que me rodeaba en el filo del precipicio. Aquella mujer misteriosa había desaparecido, pero pude ver cómo Dante y el otro voluntario se alejaban de aquel árbol arrastrando las botas sobre el empedrado, vacilantes, desconcertados, y, entonces, desde el fondo de aquel ataúd gigantesco que era la avenida Venecia, las uñas afiladas de la mirada de Tausch se clavaron sobre mí.

Me perdí entre la gente, me di la vuelta y aparté y empujé y atropellé sin apenas mirar hacia donde me movía hasta que pude escapar de aquella prisión. Tenía que alejarme de allí, de aquella escena maldita y de su locura. Quién era aquella mujer, acaso un sueño, una alucinación desencadenada por la conmoción que había sufrido aquella mañana, o, al contrario, por inverosímil que pareciese, aquella criatura se había aparecido delante de mí y todo lo que había experimentado era real. Parecía un disparate, pero estaba seguro de que todo había ocurrido tal y como lo recordaba, y, aunque fuese inconcebible y no tuviese manera de explicar lo que acababa de vivir, maldita sea, sabía lo que había visto, aquella mujer existía. Corrí hacia la plaza Garibaldi sin mirar atrás y continué hacia el final de Orazzio Marinalli, hasta mi apartamento. Iba a tardar mucho tiempo en volver a la oficina.

Pasé toda la tarde dándole vueltas a los acontecimientos de aquella mañana, aquella lúgubre exhibición de cuerpos, la refinada perversidad de los voluntarios, la horca blanca estrangulando a todos aquellos hombres, uno a uno, adolescentes, tan jóvenes como sus asesinos, los niños arrancados de sus clases para asistir a aquella lección macabra, el horror impotente de las gentes de la ciudad, de todos nosotros, apelotonados en aquel palco cobarde, con miedo a cruzar la línea de la avenida, bien ubicados para no perdernos un detalle, Alessio, náufrago sobre la acera, y la mirada maligna de Karl Franz Tausch ordenando el caos, la aparición de aquella mujer de pelo rojo y todo lo que pasó después, y a medida que las horas pasaban y mi mente trataba de organizar aquellos pensamientos de alguna manera relativamente sensata, la seguridad que había tenido de que todo lo que recordaba había sucedido realmente, se evaporaba, y aquella certidumbre que había tenido hacía tan solo unos instantes, la certeza de haber estado en contacto con algo parecido a una manifestación espectral, acabó por sonrojarme. Naturalmente, lo que quiera que fuese que había experimentado aquella mañana era producto de la sugestión, tiene que haber un límite para el sufrimiento al que un hombre puede estar expuesto. Había visto cosas terribles durante aquellos últimos cuatro años, la guerra es el conductor perfecto para que los instintos más viles germinen. La guerra es impunidad y es ensañamiento y es perversión y es miseria y, sobre todas las cosas, es miedo, terror a estar cerca de otro ser humano, la guerra es La Barbarie, el cuerpo congelado de una mujer desnuda en un bosque de Monte Velino, la cabeza cortada de un hombre arrojada frente a su casa; había estado en Bolzano y había estado en Anzio, había visto mil veces el lado más pútrido del corazón humano, pero nada de lo que había experimentado hasta entonces me había preparado para aquella representación del mal absoluto. El equilibrio se había roto, y, por fin, mi mente había dejado de sostenerme, y, con mi capacidad de entendimiento debilitada, había dejado la puerta abierta para que las sombras de mi subconsciente se manifestasen para crear aquella realidad fantástica.

Me cambié y salí a la calle, necesitaba un poco de aire. Abandoné el edificio con recelo, pero, a los pocos pasos, aquella sensación amenazante que me había perseguido por la mañana había desaparecido. La noche empezaba a caer sobre la ciudad y agradecí el aire fresco que aquella brisa traía desde la montaña. Las calles en aquella parte del centro continuaban estando prácticamente vacías, y las pocas personas con las que me crucé caminaban con prisa para ocultarse cuanto antes tras las puertas de sus apartamentos. Bassano era una ciudad revestida por una tela negra rasgada treinta y una veces. Entonces, y a medida que mi paseo me conducía desde la plaza Libertà hasta la plaza Garibaldi, empecé a escuchar un confuso enredo de sonidos inarticulados que, poco a poco, fueron convirtiéndose en exclamaciones de celebración y en canciones. Un pequeño grupo de camisas negras bebía y conversaba animadamente frente a la puerta del Moretti. El ruido procedía de allí dentro.

Pasé a su lado sin saludar, no creo que reparasen en mí, y entré. El café estaba lleno, prácticamente como durante una noche cualquiera, humo, carcajadas, brindis y conversaciones en voz alta; la única diferencia era que todos los clientes de aquella noche eran soldados, voluntarios y simpatizantes fascistas, oficiales de las SS. Mi primer impulso fue el de darme la vuelta y abandonar el Moretti a la carrera, pero, por supuesto, no podía hacer eso. En cualquier caso, me quedé cerca de la puerta, en el extremo de la barra. La mayoría de los clientes se concentraban al fondo, alrededor de las mesas del salón. Me bebería una cerveza y abandonaría el café lo antes posible. Llamé la atención de Maurizio, que bromeaba con dos oficiales alemanes al final de la barra. El pobre diablo tembló de arriba abajo cuando me reconoció. Pedí una Itala Pilsen.

"Me han obligado, *dottore*, se lo juro. Me han obligado a abrir…" se disculpó Maurizio, aún sonrojado.

"No te preocupes, Maurizio, a mí no me importa," contesté. Qué podía decirle, quién era yo para juzgar a nadie cuando era el terror más elemental, el miedo a perder la vida, el que entonces, todos los días, disponía de todos nosotros. 'Ten mucho cuidado, nada más'. Ensayó una mueca de agradecimiento, todavía le temblaban las manos, me sirvió la cerveza, y, sin más, regresó al otro lado de la barra. No volví a verlo. Maurizio Neri apareció ahorcado no muy lejos de Bassano tan solo dos días después de aquella noche. Lo habían torturado y le habían cortado las dos manos y la lengua. Colgado, sobre el pecho, tenía un cartel que decía, 'cerdo fascista'.

Festejaban el éxito de aquella mañana, el destello triunfal de los clavos ensangrentados sobre la ciudad crucificada, y el volumen era cada vez más alto. Los italianos levantaban las manos y cantaban, *¡somos los hijos de la loba, la primera flor de Italia, y nuestro corazón es de su gran condotiero!*, y los alemanes respondían, cantando aún más alto, *¡continuaremos la marcha cuando todo se rompa, porque hoy, Alemania es nuestra, y mañana, el mundo entero!*, y entonces todo el café explotaba en un gran aplauso, y había abrazos y más brindis y exclamaciones de júbilo y rostros desfigurados por la euforia, y, fuera, en la calle, la noche ya era una tiniebla perfecta que enjuagaba la piel marchita de treinta y un cadáveres atravesados por una soga.

Al fondo, en una de las mesas más retiradas,

Tausch compartía una botella de vino con un grupo de oficiales alemanes. A su derecha, siguiendo la conversación con una timidez mal disimulada, sin entender una palabra de lo que decían, no lo estaba pasando bien, se sentaba Dante Spina. Me quedé un rato observándolos, las maneras aristocráticas de los oficiales, las risotadas desmesuradas, las miradas hipócritas, la patética sumisión del italiano, y, antes de que pudiese darme cuenta de mi descuido, mi mirada se cruzó con la de Tausch, y, como habían hecho aquella mañana, sus pupilas se abrieron sobre mí como dos malditas bocas de dragón y sentí como trataban de arrastrarme hacia él. De pronto, no fui capaz de moverme, estaba atrapado, hipnotizado por Tausch. Traté de luchar para desprenderme de aquel sortilegio, pero no sabía cómo resistirme, y cuando por fin logré cerrar los ojos, advertí, cerca de mí, la presencia del rumor húmedo y viscoso de una masa fláccida que se deslizaba hacia mí sobre las baldosas, un cuerpo blando y frío que ya empezaba a reptar desde mis piernas para envolverme, enrollándose a mi cintura, a mi tórax, a mi garganta, asfixiándome, contrayéndose sobre mi piel y estrangulándome con más y más fuerza, y el café desapareció y todo el espacio se transformó en una prolongación de la voluntad de Tausch. Estábamos solos, enterrados en lo más profundo de un mar de agua oscura y ya no quedaban más que sus dos ojos viscosos y el martilleo opaco de mis latidos bajo aquel océano, cada vez más remoto. Y de la misma manera que se había apoderado de mí, me liberó. Sentí como la presión sobre mis órganos cedía y, jadeando, pude al fin volver a mí mismo. El bullicio del local, el fulgor anaranjado de la luz eléctrica, me reconfortaron momentáneamente. El alemán levantó su copa, sonrió, y, con un leve movimiento de la cabeza, me saludó desde su mesa.

Bebí el resto de la cerveza de un trago, arrojé unos billetes sobre la barra, y, todavía aturdido, caminé hacia la salida. Ansioso por escapar de allí, empujé la puerta con el hombro golpeando al grupo que bebía en la calle. Los camisas negras enmudecieron y me rodearon rápidamente dispuestos a pedirme explicaciones. Por suerte, tomaron mi mareo, mi incapacidad para siquiera disculparme, por una buena cogorza, y, enseguida, todos sus rostros se transformaron.

"¡A la salud del Duce y de la República, compañero!"

"¡Por Benito Mussolini y por nuestra bella patria!" respondí, y entonces todo fueron aplausos y besos y abrazos y más aplausos.

Encantado con lo ingenioso de mi reacción, me despedí de mis nuevos amigos, y, siendo aún incapaz de caminar con soltura, decidí parar para tranquilizarme. Saqué un Giuba, lo encendí, y me senté sobre los escalones de la fuente.

Aquel grupo no tardó en desaparecer. Destrozaron sus jarras vacías contra el pavimento y se perdieron detrás de la puerta del Moretti para continuar con la celebración allí dentro. Me quedé completamente solo en la plaza. El cigarrillo me temblaba entre los dedos, mi cuerpo entero se estremecía entre náuseas; sostuve los brazos sobre las rodillas para contener el vértigo. Estaba aterrorizado, había perdido la cabeza, me estaba volviendo loco y solo era cuestión de tiempo que algo parecido volviese a suceder, y, sin embargo, como había pasado por la mañana, todo lo que había experimentado había sido tan preciso… Cómo podía haber sido capaz de concebirlo de aquella manera, pero si aún podía sentir el tacto mucoso de aquel tentáculo que había resbalado alrededor de mi nuca…

La puerta del Moretti volvió abrirse y Dante salió a la calle. Apagué el cigarrillo contra el suelo, no quería llamar su atención. Dante no parecía muy seguro de qué hacer, hacia dónde dirigirse, y, entonces, cuando parecía que se decidía a abandonar la plaza, se detuvo para mirar hacia donde yo estaba sentado. Me quedé petrificado, por un instante tuve miedo de que me hubiese reconocido, de que Tausch lo hubiese enviado para seguirme, pero, como descubrí rápidamente, el muchacho no estaba interesado en mí. Lo que quiera que fuese que había captado su atención estaba lejos de mí, a mi espalda, al otro lado de la plaza. Me giré y, a pesar de la casi total oscuridad, reparé en una figura femenina que se apoyaba sobre una de las columnas de la galería. Inmediatamente, como animado por algún tipo de instinto, Dante empezó a caminar hacia ella, embelesado, marchando con ademanes casi mecánicos, ni siquiera se fijó en mí cuando paso a mi lado. Volví a girarme para seguir aquel cuadro, me estaba divirtiendo, para variar, cuando un breve resplandor de la luna iluminó la plaza fugazmente y desenmascaró a la mujer que se ocultaba bajo la arcada. No la había imaginado, era la misma mujer que había visto aquella mañana en la avenida Venecia.

Dante llegó hasta la galería y los dos se perdieron rápidamente entre los arcos. Decidí seguirlos. Por fin iba a comprobar si, efectivamente, estaba loco.

No tardé en encontrarlos, los alcancé en la calle Bellavitis, a unos metros de la plaza. Se movían despacio, y, aunque no pudiese verlos claramente, los seguía desde una distancia considerable, no me pareció que hablasen, ni siquiera que se mirasen. Me dio la impresión de que ella caminaba ligeramente por delante de él, como si lo estuviese remolcando desde su mano con dirección al Brenta. Y a medida que dejábamos atrás la oscuridad de los viejos callejones de esa parte de la ciudad y sus paredes se abrían al apacible resplandor del río, la identidad de aquella mujer se me confirmaba con la misma claridad. Ni el vestido ni la forma del peinado eran los mismos, pero ambos seguían teniendo un aspecto anacrónico; una túnica ligera que flotaba sobre su cuerpo como un aura y un delicado recogido del cabello que bajo la luz irisada de las estrellas aquella noche asemejaba una puesta de sol, sus maneras al moverse, estilizadas y seductoras, desafiantes, un lobo o una pantera, la nariz aristocrática de curvas perfectas y aquellos labios mórbidos alrededor de una boca feroz. Era ella, no había duda. Mi corazón se estremeció, mi alma entera se puso en guardia, y aunque todo mi interior gritase y tirase de mí hacia atrás, sabía que tenía que continuar y averiguar quién era aquella mujer. Y en aquel preciso instante, en el momento en el que decidí que iba a seguir caminando hacia delante, ella miró hacia atrás y yo comprendí inmediatamente que era bienvenido y que me estaba invitando a acompañarla.

Repentinamente, arrastró a Dante pendiente abajo, hacia la ribera del río, y los perdí de vista. Nos habíamos alejado del centro y aquella zona rebosaba de arbustos y cañas. Llegué hasta el punto en el que los había perdido, me abrí paso entre la maleza, y, entonces, pude verlos.

Dante estaba completamente inmóvil, de pie, en el centro de un extraño círculo fabricado con ramas secas, a pocos metros del margen del río. Sus brazos caían inertes a los lados. Parecía estar completamente dormido, ni siquiera parecía que respirase, y, sin embargo, sus ojos estaban abiertos, parpadeaba. La mujer dio tres vueltas alrededor del círculo, con cuidado de no pisar ninguna rama, y se detuvo frente a él, pronunció algunas palabras en un idioma que yo no conocía y le quitó la chaqueta y le desabrochó la camisa. Le tocó el pecho con tres dedos. Entonces, deshizo el recogido y extrajo los dos enormes alfileres dorados con los que había sujetado el peinado, sonrió con malicia o picardía, y, súbitamente, los clavó a los dos lados de la garganta de Dante. Los clavó y los retorció una y otra vez, penetrando y destrozando su carne, y, cuando los arrancó, dos grandes chorros de sangre brotaron contra la tiniebla. Los ojos del muchacho temblaron de dolor, de pánico, cuando la mujer se lanzó sobre él y lamió la sangre de su cara y arrastró excitada la lengua sobre su garganta y bebió de los dos orificios, y, mientras la sangre de Dante Spina rebosaba desde su boca hasta su pecho, clavó las uñas sobre sus costados hasta traspasar la piel, y, muy lentamente, lo desgarró de arriba abajo. Dios mío, no podía moverse, estaba atrapado, su propio cuerpo era una mortaja, y no podía gritar aunque pudiese sentirlo todo, cada momento de dolor y cada gramo de miedo, todo en sus ojos, el reflejo de la luna sobre el Brenta y el brillo espantoso de aquella sangre, y las palabras, nunca supe cuales fueron, que la mujer le susurró, riendo, antes de clavarle los dientes en las mejillas, en los labios, y, después, en los hombros, en el torso... Frenética, cubierta completamente de sangre, mordía, arrancaba, masticaba, devoraba y se relamía y arañaba y seccionaba y chupaba y volvía a morder, y yo no podía apartar la mirada porque ella no quería que lo hiciese, porque aquel horror no solo no me repugnaba, sino que, por algún motivo que no quería comprender, me satisfacía. Al fin, los párpados de Dante se cerraron definitivamente sobre sus ojos y su cuerpo sin vida se desplomó sobre los matorrales. La mujer elevó los brazos sobre su cabeza, alargó los dedos hacia el cielo, y cerró los ojos y sonrió a la luna, y su sombra se extendió sobre el cuerpo tendido frente a ella para cubrirlo con sus alas negras de arcángel de la muerte como si estuviese aprisionándolo para siempre, y ella se acariciaba los labios una y otra vez, y su lengua saboreaba como una serpiente aquel sacramento obsceno, la sangre, el alma que ahora le pertenecía.

"Márchate," dijo.

"Tu nombre, cuál es tu nombre. Quién eres…"

Desarmó el círculo de ramas con los pies y se agachó sobre el cadáver para sujetarlo por los brazos y arrastrarlo hacia abajo.

"Thania, mi nombre es Thania," contestó sin mirarme. "Ahora, márchate." Y mientras me giraba para alejarme de ella, escuché el golpe seco del cuerpo de Dante cayendo sobre el agua del Brenta. Después, nada.

No abandoné mi apartamento durante varios días, apenas me moví de la cama. Cada vez estaba más lejos de lo que quiera que fuese el mundo real, lo que había visto aquella noche había abierto una grieta tan profunda que sentía que mi vida se había separado en dos mitades y sabía que ya no se me iba a dar la oportunidad de regresar. Había sido exiliado, condenado a vivir para siempre entre dos tinieblas, lejos de todas partes, de cualquiera, solo. Acaso existía una descripción más precisa de lo que significaba estar loco que aquello. Cuando al fin, después de dos o tres noches sin haber sido capaz de conciliar el sueño, logré dormir, una extraña serie de imágenes y sonidos empezaron a aparecer en mis pesadillas de manera recurrente, repitiéndose cada noche, siempre en el mismo orden.

Lo primero que aparecía en aquel sueño era una desagradable sensación de ingravidez, de mareo, y, enseguida, sentía como una fuerza invisible me arrancaba del cuerpo a través del estómago y tiraba de mí a través de las paredes de mi dormitorio para trasladarme por encima de la ciudad y de las montañas hasta que me abandonaba sobre la hierba de un remoto paisaje escarchado. Y cuando conseguía recuperar el control sobre mi cuerpo y lograba ajustar la vista a la espesa oscuridad de aquella bruma que me rodeaba, descubría que me encontraba entre dos columnas gigantescas, a los pies de una escalinata de piedra que conducía hasta las puertas de un antiguo templo, y aunque recelaba de lo que pudiese encontrar allí dentro, más allá de las columnas, sentía, o, mejor dicho, sabía, que debía ascender y traspasar aquellas puertas. Y en el mismo momento en el que pisaba el primero de nueve escalones, aquella niebla se apartaba de mí y una extraña melodía descendía como un murmullo desde la cima de la montaña, una voz hermosa y transparente que cantaba en una lengua que yo no comprendía, y aquella canción ocupaba todo el espacio como una bienvenida o una advertencia, y cuando atravesaba la entrada y penetraba en el templo, y a medida que caminaba casi a oscuras por encima de los huesos y la nieve que parecían cubrir toda aquella superficie que se había abierto delante de mí, aquella música suave se iba transformando, primero en algo parecido a un silbido desagradable, y, después, poco a poco, en un zumbido estridente que me seguía y me rodeaba para atormentarme como un látigo de hielo, y aunque sabía que no tenía ninguna manera de protegerme de aquel estrépito, cerraba los ojos y me cubría los oídos, y quería gritar para maldecir a la montaña pero no era capaz de emitir ningún sonido. Caminaba a duras penas, agachado, casi de rodillas, atormentado por aquel graznido que no cesaba, hasta que, por fin, completamente exhausto, me dejaba caer sobre un inmenso bloque de madera dispuesto en el centro del templo. El bloque era rectangular, parecido a una mesa grande, y cuando apartaba la nieve que lo recubría para examinarlo, descubría que aquella madera no era sino un altar, y que, además, estaba decorado por una serie de bellísimos grabados ancestrales. Tallados sobre el tablero, un hombre barbudo de cuernos de ciervo y una mujer de alas de cuervo protegían o adoraban a un gran árbol que parecía florecer hacia los dos extremos de su tronco, y a su alrededor, sobre la superficie, a lo largo de todo el pilar de madera, cientos de enigmáticas runas giraban sobre sí mismas formando extraordinarias formas de una geometría incomprensible a la vez que también giraban alrededor de aquellas tres figuras principales de maneras que se me antojaban interminables, eternas… Y entonces me parecía escuchar unas pisadas, y cuando alzaba la vista para mirar más allá del altar, vislumbraba una túnica blanca que se movía hacia mí, flotando sobre todos aquellos sepulcros que empezaban a emerger de entre los huesos. Dos grandes lobos de ojos rojos acompañaban a aquella figura, uno a cada lado, y el zumbido era cada vez más estridente, y cuando pensaba que ya no iba a poder soportarlo por más tiempo, volvía, aquella voz, aquella melodía dulcísima, y cada vez estaba más cerca de mí, y cuando al fin creía sentirla a mi lado, cuando ya casi podía tocar aquella música, lo que encontraba era un hombre desnudo que se arrastraba a cuatro patas sobre los huesos y la nieve, un ser embrutecido, apenas humano, que se acurrucaba junto a mí y que, tiritando, con miedo al encapuchado y a sus lobos, se abrazaba a mis piernas con fuerza. Aquel hombre tenía el cuerpo amoratado, estaba cubierto de cortes y de úlceras abiertas, y yo oía cómo lloraba, pero no podía verle la cara, y cuando le acariciaba la cabeza para reconfortarlo, descubría que estaba devorando su propio brazo... "Las puertas de lo más profundo se han abierto esta noche, oh, Luna, baja del cielo, te lo ruego, oh, madre..." eso es lo que decía la melodía, por fin era capaz de entenderla. "...Oh, Luna, baja del cielo, te lo ruego, oh, madre, y déjame ser la mano de tu venganza..." recitaba la encapuchada, Thania. Y entonces el frío acababa de entumecer mis miembros y mi cuerpo se dejaba caer hacia atrás, despacio, como si no pesase, y me sumergía en el abismo y el sueño comenzaba de nuevo, exactamente igual que el anterior, una copia perfecta que se repetía una y otra vez, noche tras noche, hasta que despertaba.

Cuando por fin decidí que, cuerdo o chalado, había llegado el momento de abandonar el apartamento, las calles de Bassano del Grappa olían a sometimiento.

Tausch había cerrado el nudo de las treinta y una sogas alrededor de la garganta de la ciudad entera y apenas quedaba suficiente aire para no terminar de morir. Los cuerpos de los ahorcados permanecieron expuestos en la avenida durante cuatro largos días como una llaga abierta en el mismo corazón del valle; después, los enterraron en una fosa común para asegurarse de que aquella herida no terminase de cicatrizar jamás.

Sin embargo, no era de aquello de lo que se hablaba en los cafés y en los mercados, sino de los dos desaparecidos, de Dante Spina y de Matteo Bianchi, del asesinato de Maurizio Neri, con temor a que aquel interminable ojo por ojo acabase por dejarlos ciegos a todos. Encontraron el cadáver de Maurizio por casualidad; su mujer, Ermine, ni siquiera había denunciado la desaparición, por miedo, como casi todo lo que se hacía o se dejaba de hacer entonces, como ahora, quizá. Cuando Dante Spina y Matteo Bianchi desaparecieron, la Guardia Nacional Republicana organizó varias partidas de voluntarios que batieron el valle sin éxito. Solamente se encontró a Maurizio, ejecutado por traidor, colgado del cuello por haberle servido el vino a los verdugos equivocados. Los cuerpos de Dante y de Matteo no llegaron a encontrarse nunca, desparecieron, como tantos millones en aquella guerra, fantasmas, se desvanecieron para no volver a aparecer jamás. Irremediablemente, los habitantes de Bassano acabaron habituándose a aquella nueva situación, a los cuchicheos y a los silencios y a los paseos a la carrera entre portales, a las risas de los camisas negras y al desprecio de los SS. Apretar los dientes y salir de aquello con vida, a eso se había reducido todo. También yo me acostumbré a mi nueva vida; no tenía noticias ni de Giorgio ni de Enrico, mis camaradas en el Giornale di Vicenza, una bendición, por cierto, porque su suerte me importaba una mierda. El periódico seguía pagándome con puntualidad, aunque no les hubiese enviado un triste artículo desde hacía semanas, y eso era todo lo que me interesaba. Pasaba los días encerrado en el apartamento, escuchando Radio Londres, intentando leer, haciendo cualquier cosa que demorase el momento de volver a la cama. Aquella pesadilla seguía repitiéndose cada noche, y las últimas palabras de Thania en el cementerio de huesos, "…y déjame ser la mano de tu venganza…" empezaban a obsesionarme. No tenía ninguna duda de que Matteo Bianchi había corrido la misma suerte que Dante Spina, pero, aunque su venganza debería haberse consumado con aquellos dos asesinatos, de algún modo sabía que Thania no había abandonado el valle, y se me ocurrió que aquel sueño extraño no fuese otra cosa que una llamada, una especie de señal psíquica que me estaba señalando un lugar que existía realmente y al que Thania quería que acudiese. A priori, la idea era completamente absurda, por supuesto, pero en aquella nueva vida mía lo insólito ya ocupaba la categoría de ordinario y nada me parecía extraño o impensable, de modo que me propuse encontrarlos, a aquel lugar de mi sueño y a Thania.

Lo primero que hice fue visitar los dos cementerios de Bassano, los camposantos de Angarano y de la Santa Croce, sin que en ninguno de los dos encontrase nada que me recordase a las construcciones o a los objetos que había visto en mi sueño. Tampoco encontré nada parecido en el resto de cementerios que visité en el valle y en los pocos que había diseminados por las zonas más accesibles de la montaña. Para colmo, si hasta aquel momento había pasado completamente desapercibido en la ciudad, gracias a aquella aparente obsesión por el mundo de los muertos y sus necrópolis, empezaba a ganarme una incómoda fama de hombre siniestro, de chiflado, una de las peores etiquetas que cualquiera puede adquirir en una ciudad ocupada, de modo que, a los pocos días, decidí que lo más prudente que podía hacer era suspender aquella búsqueda y desaparecer del radar público, al menos durante algún tiempo. Por suerte, la fortuna se cruzó en mi camino disfrazada de la manera más inesperada, vestida con la sotana y al alzacuellos del párroco de San Donato.

Tomaba un *espresso* en la barra del Café Agostinelli, no muy lejos del Ponte Vecchio, cuando un hombre enorme, completamente vestido de negro, se colocó a mi lado, y, sin más, comenzó a interrogarme.

"He oído que usted se dedica a visitar cementerios, a tiempo completo, todos los días. Dígame, ¿qué está buscando?"

"Descuide, padre, no soy un profanador de tumbas, si es eso lo que le preocupa…" contesté sin apartar la mirada de mi *espresso*.

"Yo no he dicho eso; solo quiero saber qué está buscando. Soy sacerdote, los cementerios son, por decirlo de alguna forma, parte de mi negociado, y, francamente, usted no parece la clase de loco que me han dicho que es. Dígame, ¿qué busca en los cementerios?"

"Discúlpeme, he sido un grosero," bebí el café de un trago y le tendí la mano. "Luka Marino, soy periodista del Giornale di Vicenza."

"¡Periodista!"

El sacerdote sonrió. Mi presentación lo había tranquilizado; por algún motivo, aquel tipo prefería los periodistas a los perturbados.

"Antonello Paone, párroco de San Donato," me estrechó la mano con energía. "No pretendo entrometerme en su trabajo, si insisto es porque han llegado rumores a la parroquia, chismes estúpidos, ya sabe, la gente se pone nerviosa con poca cosa, y estos no son buenos tiempos para hacer enemigos, señor Marino. Si pudiese contarme algo, cualquier detalle, podría darle carpetazo al asunto, deshacerme de esos imbéciles...”

Bueno, parecía que aquel hombre se había puesto de mi lado, y a cambio solo me pedía que le contase cualquier cosa... Podría haberle contado la verdad, que buscaba un santuario que había visto en sueños, que andaba detrás de una hechicera; que me había enamorado de ella mientras la veía desangrar a un hombre vivo... Recordé aquellos adornos antiguos en el cabello de Thania.

“Etruscos, padre, escribo sobre los etruscos. Verá, aunque los etruscos no llegasen a establecerse de manera permanente tan al norte, parece que sí existió una comunidad relativamente numerosa en esta zona del Véneto, y las mismas fuentes que hablan de esta comunidad, apuntan a que llegaron a construir algún templo, posiblemente un monumento funerario, en los alrededores del monte Grappa. Es factible que, si este monumento existiese, haya sido cubierto por un cementerio más moderno, un cementerio católico. Esas son las ruinas que estoy buscando, y ese es el motivo de mis visitas a los cementerios del valle.”

El sacerdote se relajó definitivamente.

"Parece que hoy es su día de suerte, señor Marino," me guiñó un ojo. "Ese cementerio existe, y yo puedo decirle dónde encontrarlo. ¿Conoce usted Asiago?"

No podía creerlo, al fin recibía una buena noticia, y don Antonello, encantado de haberse quitado de encima un problema, y feliz de colaborar con mi falsa investigación, pidió dos vasos de vino, y, allí mismo, sobre la barra del Agostinelli, me puso al día de la extraña historia de las sacerdotisas de la Reina Cuervo y el cementerio de la Gruta de las Brujas.

☾

El sacerdote arrastró un taburete hacia la barra, se sentó y, en dos sorbos, dio cuenta de los dos vasos de vino. Pidió otros dos vasos, y, por fin, comenzó su relato.

Hacía más de dos mil años, un pueblo de origen etrusco, los retios, había, efectivamente, cruzado el río Po con dirección al norte. Los retios escapaban de la presión de los invasores celtas, y acabaron estableciéndose en los Alpes, expandiéndose por los territorios que hoy conforman Suiza, el norte de Italia, y la Alemania meridional. Sin embargo, parece que no todos ellos llegaron a alcanzar la cordillera. De acuerdo con el *De Civitabus Damnatorum* del historiador romano Nymphidius, un pequeño grupo llamado los Filii Corvus, los Hijos del Cuervo, fue repudiado por la tribu y abandonado en el altiplano de Asiago alrededor del siglo cuarto antes de Cristo. La exhaustiva lista de crímenes de los que Nymphidius acusa a los Filii Corvus es tan espeluznante que don Antonello, que ya llevaba unos cuantos Amarone encima, no podía parar de reír mientras los enumeraba, y cuesta creer que no fuese ninguno de aquellos pecados monstruosos, el canibalismo, la automutilación o la necrofilia, los que sentenciaron a los Filii Corvus al exilio, sino que fuesen la herejía y la blasfemia, los ultrajes constantes contra Reitia, diosa suprema de los retios, y la fanática devoción de los Hijos del Cuervo por una oscura deidad llamada Catha, la luna, la Reina Cuervo, la madre de los no muertos, los que acabaron por condenarlos.

Lo que Nymphidius describe en *De Civitabus Damnatorum* es una comunidad de creyentes que vivía por y para su abominable religión, y que obtenía todo lo que podía necesitar para subsistir de las pequeñas aldeas del altiplano, que ofrecían mano de obra, vestido o alimentos, a cambio de misericordia, de ser pasadas por alto por las razias de los Filii Corvus. La comunidad estaba gobernada por las sacerdotisas de la Reina Cuervo, las Cathas, mujeres extraordinarias que eran instruidas desde pequeñas en la nigromancia, brujas conocedoras de los secretos más terribles, entrenadas para ignorar cualquier tipo de dolor, capaces de separar sus mentes de sus cuerpos y de viajar hasta cualquier parte sin ser vistas…

"Dice Nymphidius que las Cathas eran siete, y que la sangre humana era su único alimento…" suspiró don Antonello, que ya tenía problemas para controlar los movimientos de la lengua. "…Y aquel espacio impío, el templo que los Filii Corvus erigieron para el culto de la diosa Catha, el santuario en el que las siete sacerdotisas celebraban sus ágapes sacrílegos de sangre, es el lugar que usted está buscando…"

El sacerdote dio dos golpes sobre la barra para

llamar la atención del camarero, y, sin darme tiempo para respirar, pasó a describir algunos de los complejos sacrificios que las sacerdotisas de la Reina Cuervo conducían en aquel templo.

Cuando la luna empezaba a menguar, cada noche maldita de luna negra, los aullidos de las brujas del altiplano estremecían de miedo a las montañas de los vénetos. Cuenta Nymphidius que las poblaciones de la zona, completamente indefensas frente a las cacerías humanas de los Filii Corvus, a menudo elegían a una persona de entre los suyos para que sirviese de sacrificio, hombres, mujeres, niños de cualquier edad, que eran abandonados a las puertas de las aldeas, condenados a ser inmolados como ofrendas a la luna. Aquellas noches, los Filii Corvus se reunían dentro del santuario; sus antorchas iluminaban el manto de huesos amarillos que recubría la superficie entera de manera que pareciese que estos bailaban, como si las almas de todos aquellos sacrificados hubiesen regresado del inframundo para la ceremonia. Y, al fin, bajo la mirada implacable de la diosa, siete víctimas y siete sacerdotisas atravesaban las dos columnas del templo cogidas de las manos, *'una procesión de corderos que se precipitaba voluntariamente hacia el holocausto'*, dice *De Civitabus Damnatorum*. Aturdidas, como hipnotizadas, todas aquellas personas eran alineadas por las sacerdotisas a lo largo de un gran altar, de espaldas a la imagen de la diosa de las alas de cuervo y de sus dos lobos guardianes, y alrededor de cada una de ellas, las hechiceras construían un círculo mágico formado por ramas de roble. Entonces, las brujas giraban tres veces alrededor del círculo, una para invocar a Catha y ofrecerle la sangre que se iba a derramar, otra para invocar a Mania, madre de los espectros y de los espíritus de la oscuridad, y ofrecerle las almas de aquellos que iban a ser inmolados, y una última para invocar a Mantus, consorte de Mania y señor del inframundo, para rogarle que abriese las puertas del infierno aquella noche, y las antorchas se iban apagando poco a poco y los Filii Corvus caminaban despacio hacia el altar para colocarse alrededor de las sacerdotisas. Aquel crujir de huesos humanos bajo sus pies, la oscuridad abriéndose paso en el santuario, los susurros arrastrados de las hechiceras invocando a la diosa, la insoportable fetidez de la carne muerta... A pesar de su estado de enajenación, aquellas pobres almas debían de estar aterrorizadas. Y cuando la oscuridad era ya casi completa, cada sacerdotisa elevaba una oración a la Reina Cuervo a la vez que tocaba el pecho de su víctima con tres dedos, y, entonces, acompañadas de los gruñidos animales de los Filii Corvus hacinados a su alrededor, se lanzaban frenéticas contra aquellos pobres indefensos, hendían uñas y dientes hasta que los desgarraban, destrozaban aquellos cuerpos, bebían de su sangre con un arrebato demoníaco.

Los detalles que da Nymphidius vuelven a ser tan precisos, los detalles tan escabrosos, que hicieron reír a don Antonello de nuevo y tuve que sujetarlo varias veces para que no se precipitase al suelo del Agostinelli. En cuanto a mí, estaba atónito, la descripción que el cura estaba haciendo de aquel lugar, de aquella ceremonia execrable... Yo ya había visto aquella locura, en mi sueño, los huesos, los lobos de Catha, y en el Brenta, con mis propios ojos, el horror, Thania asesinando a Dante…

Pedí un vaso de agua y le pedí al camarero que no sirviera más Amarone a don Antonello. Tenía que terminar aquella historia, ayudarme a encontrar aquel templo.

"Don Antonello, concéntrese, se lo ruego, esto es muy importante para mí. Continúe…"

Don Antonello me miró divertido, aquella brutalidad de los crímenes del altiplano de Asiago lo habían hecho llorar de felicidad, pero se recompuso de una manera admirable, y es que, como a menudo ocurre con los militares, el del deber es un sentido tan importante para un sacerdote católico como lo es el del gusto o el olfato. Me agradeció el vaso de agua con un poco de sarcasmo, y continuó con el relato de Nymphidius.

Una vez que las sacerdotisas de la Reina Cuervo quedaban saciadas, aquellos cuerpos quedaban a disposición del resto de la comunidad, que devoraba lo que quedaba de ellos en un espeluznante festín caníbal sobre el que el *De Civitabus Damnatorum* tampoco ahorra un detalle. Sin embargo, algunas veces, observó un don Antonello sorprendentemente lúcido, las hechiceras condenaban a alguna de aquellas pobres almas a permanecer suspendida en algún lugar olvidado entre la vida y la muerte. Un pacto de las sacerdotisas con Mantus bastaba para que cualquiera de aquellas almas enfermas regresase al cuerpo que había habitado en vida. Las personas que eran resucitadas de esta manera, hombres o mujeres que por cualquier motivo habían merecido aquella maldición de las Cathas, retornaban a este mundo como cautivas de la más terrible de las locuras, atrapadas para siempre en un purgatorio sacrílego, y eran abandonadas en los bosques para que errasen por las montañas como demonios desfigurados que se pudrían en vida, incapaces de morir, monstruosos esclavos del instinto cuya sola idea espantaba a las gentes de toda la comarca como un recordatorio del terror que vivía en el altiplano.

"...Y no volvemos a saber nada de los Filii Corvus hasta nada menos que el siglo doce, señor Marino..." Don Antonello enmudeció y me lanzó una mirada traviesa. Entonces miró con tristeza a su vaso vacío, y volvió a mirar hacia mí. Sonrió.

"Ponga otros dos vasos de vino, por favor," ordené al camarero.

"Gracias, señor Marino." Don Antonello bebió su Amarone de un trago, y, enseguida, cogió mi vaso. "Parece increíble que los Filii Corvus permaneciesen ocultos en estas montañas durante más de mil años, sobreviviendo a romanos, a lombardos y a francos, prácticamente en secreto, aunque uno tiende a pensar que lo que realmente ocurrió es que no hubo ninguna autoridad que tuviese el valor de enfrentarse a ellos… Y, sin embargo, todo esto cambió en el siglo doce, durante la guerra entre el emperador Federico Barbarroja y las veintiséis ciudades de la Liga Lombarda…"

Parece que los temibles Filii Corvus tuvieron la desgracia de encontrarse en el centro de uno de los campos de batalla más importantes de aquella contienda. Es en el *Pantheon* de Godofredo de Vitorio donde mejor se describen, tanto las atrocidades que los ejércitos de las ciudades de Vicenza y Verona hallaron entre las nieblas del altiplano de *Axiglagum*, actual Asiago, como las terribles consecuencias que tuvo aquel encuentro. La comarca entera fue arrasada por las fuerzas de la Liga. Godofredo de Vitorio habla de paganismo, de hechicería y de vampirismo, de aldeas enteras que habían sellado un pacto con el mismísimo Lucifer; aquel era un territorio maldito y como tal fue tratado, purificado por el fuego en nombre de Dios, bendecido por la espada. Cientos de personas fueron asesinadas aquel día del año mil ciento setenta y seis, exorcizadas, decapitadas y lanzadas al fuego, familias enteras; otros fueron colgados en los caminos, enterrados vivos… El santuario de la Reina Cuervo fue arrasado por los soldados, y la huella de los Filii Corvus, eliminada por completo. Cuando, a comienzos del siglo trece, la comarca fue repoblada por emigrantes bávaros, lo poco que quedaba del templo de la diosa Catha fue sepultado bajo un cementerio católico consagrado a San Kilian.

"¿Ha oído usted hablar de la leyenda de las brujas de la Gruta de San Kilian?" preguntó el sacerdote.

"Sí, creo que sí, el nombre de San Kilian me trae algún recuerdo," mentí. "Pero si usted pudiese refrescarme la memoria…"

"Claro, hijo, para eso estoy aquí, y como usted es el que va a pagar todo esto…"

Don Antonello lo estaba pasando en grande, volvió a acomodar el trasero sobre el taburete y pidió una botella. Nunca había visto a nadie beber de aquella manera. Nos sirvió a los dos, y continuó.

"No muy lejos del cementerio de San Kilian hay una gruta que ningún espeleólogo se ha atrevido a explorar. De hecho, parece que nadie se ha arriesgado a entrar allí durante los últimos mil años, ni siquiera ahora, cuando las cuevas de estas montañas han servido de refugio para tantos durante las dos grandes guerras." Don Antonello arrojó el vaso vacío sobre la barra y se detuvo para mirarme a los ojos con toda la gravedad que su estado le permitía. "Súcubos, vampiros, señor Marino, estas gentes piensan, lo creen de verdad, que esas cuevas están habitadas por las demoníacas hijas de Lilith, y esto es Italia, señor mío, ¡esto es el siglo veinte! Y, sin embargo, y que Dios me perdone por lo que voy a confesarle…" Don Antonello había elevado el tono de voz y todo el bar se había vuelto para mirarnos, de modo que, un poco abochornado, continuó con su relato susurrando de una manera casi inaudible. "…Creo que ni Nymphidius ni de Vitorio mienten, que lo que cuentan en *De Civitabus Damnatorum* y en *Pantheon,* por fantástico que le parezca, es absolutamente cierto, que los caballeros de la Liga Lombarda se enfrentaron con el mal, aquí mismo, en el Grappa, que la montaña entera estaba infectada por la peor de las blasfemias… Sé que todo esto no es una fábula y sé que, además, hubo supervivientes, que al menos algunas de las sacerdotisas de Catha lograron esconderse en esas cuevas…" El sacerdote se limpió la boca con la manga de la chaqueta y puso las dos manos sobre mis hombros. "Sé que estoy borracho, y seguramente estoy hablando de más, pero créame, lo que se esconde allí arriba es peligroso. Nadie va a hablarle de ello, todo el mundo tiene miedo de pasar por loco, pero los niños siguen desapareciendo, nunca han dejado de hacerlo… Algo resplandece en el interior de esa gruta cada cuarto menguante, cada primero de mayo, durante el festival de Laralia en honor a Mania, todo lo que escribe Nymphidius es cierto, cada palabra… ¡Yo mismo he visto esa bruma!, esa niebla fétida que escapa de las cuevas como si se estuviesen abriendo las puertas del infierno… Están allí, señor Marino, las sacerdotisas de la Reina Cuervo. He oído sus oraciones paganas, sus risas abyectas, los cantos a Mania y a Mantus, sus alaridos depravados de placer animal. ¡El Mal vive en esas cuevas!"

Don Antonello hizo la señal de la cruz, se echó para atrás, y se sirvió un poco más de vino.

"San Kilian ya no existe, señor Marino, el cementerio se execró en el siglo quince… Profanaciones, ritos sacrílegos, personas que juraban haber sido visitadas por los cadáveres de sus familiares… No ha vuelto a utilizarse desde entonces, no tiene ningún uso, es un lugar maldito…" Volvió a ponerme las manos sobre los hombros y acercó su cara a un palmo de la mía; su aliento olía a gasolina. "Mire, no sé si me ha dicho la verdad, no sé qué es lo que está buscando realmente. Su modo de mirarme, su manera de actuar, cualquiera me hubiese dejado aquí tirado hace rato, me dicen que no ha sido sincero conmigo y que no es la primera vez que escucha esta historia, pero le he cogido cariño, y, sobre todo, va a pagarme la borrachera…" Me guiñó un ojo y apretó los dedos sobre mi espalda. "Tenga mucho cuidado, se lo ruego."

Don Antonello me explicó cómo podía llegar hasta el cementerio de San Kilian desde Asiago, y, aunque no estaba tan cerca del pueblo como me hubiese gustado, esperaba poder hacer el camino a pie. Pedí otra botella de Amarone, pagué, y lo dejé allí, tendido sobre la barra, ni siquiera fue capaz de despedirse. Todo aquel esfuerzo que había hecho para mantenerse espabilado durante nuestra conversación había acabado derrotando al bueno de don Antonello.

Salí del Agostinelli a toda prisa. Aunque prácticamente no había bebido, estaba mareado, me sentía como embriagado. Ya no necesitaba ninguna otra prueba, era imposible que aquel sacerdote pudiese saber nada de lo que yo había estado soñando, de mis dos encuentros con Thania, y, sin embargo, todo lo que había descrito se correspondía perfectamente con lo que yo había experimentado. No podía creerlo, Thania, sacerdotisa de la Reina Cuervo. Llegué hasta el apartamento a la carrera, recogí ropa de abrigo, las llaves de mi Fiat Topolino, y partí inmediatamente hacia Asiago.

☾

El sol ya se había puesto cuando llegué a Asiago. Los militares alemanes habían dispuesto varios controles, tanto a la salida de Bassano, como a lo largo de la carretera, en la montaña, y aquello había demorado mi llegada. La ciudad parecía estar completamente desierta, sus puertas y sus ventanas selladas como sepulcros. La noche había caído como una mordaza de miedo y de duelo sobre todas aquellas calles tristes. Conduje el coche hacia el oeste y aparqué a las afueras, e, impaciente por llegar lo antes posible al cementerio, comencé a caminar en la dirección que me había señalado el sacerdote. No había un maldito farol a la vista, y, a pesar de una formidable luna llena, me costó encontrar el comienzo de algún sendero accesible bajo aquella oscuridad desabrida del altiplano de Asiago.

No había pasado mucho tiempo cuando la senda que había estado siguiendo, la única que parecía conducir hasta el cementerio, desapareció, y, abruptamente, me encontré rodeado de una arboleda antigua y salvaje. Sorprendido, don Antonello no había mencionado la existencia de aquella foresta tan exuberante, pero, seguro de que no había equivocado el camino, resolví continuar hacia adelante. Enseguida, y a medida que me adentraba en el follaje, comencé a sentirme más ligero, mareado de una manera parecida a la de mi sueño, y todas aquellas formas del bosque se volvieron cada vez más imprecisas y tuve la sensación de que el aire a mi alrededor se corrompía y se transformaba en algún tipo de fluido gelatinoso que me envolvía con el propósito de contenerme. Aun así, seguí adelante, apartando como podía aquella viscosidad invisible, me abrí paso entre la espesura, caminando casi a ciegas sobre todas aquellas rocas y raíces modeladas por el hielo y por los siglos. Sin embargo, ya empezaba a respirar con dificultad, la oscuridad me asfixiaba y el frío era cada vez más pesado; me sentía cada vez más débil y llegó un momento en el que me encontraba completamente desorientado, y, al fin, aquella entidad terminó de atraparme y ya no fui capaz de moverme. No podía volver atrás, estaba encadenado al bosque. Y en aquel instante la montaña me vio y me reconoció, eso es exactamente lo que sentí, y, tras contemplarme un momento, exhaló un hálito helado sobre mí y con él abrasó la piel de mis manos, de mi cara, de mis ojos, de mis labios y mi paladar y mi lengua, y me penetró y el bosque y la noche y la luna entraron con él, y en aquel instante supe que la montaña formaba parte de mí y yo de ella. Y, de alguna manera, empecé a ver, y, aunque mis ojos no fuesen capaces de adentrarse en la tiniebla, pude sentirla, oler y escuchar aquella esencia, las flores blancas de los saúcos que crecían por todas partes, hongos y helechos recubiertos de microscópicas gotas de azúcar y bayas que descansaban brillando como el reflejo púrpura de las estrellas que sangraban desde el firmamento, el perfume de la camomila y de la azucena y el rumor de la oración interminable que los insectos elevaban al gran dios gusano. Recorrí aquel bosque sagrado durante lo que me parecieron años, caminé hacia el pasado y caminé hacia todos los futuros posibles, y mientras el bosque soñaba conmigo, yo descubría o recordaba aquel lugar, y aprendí cómo andar de nuevo, y las hojas de los árboles murmuraban secretos que hablaban sobre mí, y a medida que mi conciencia era impregnada por el bosque, yo seccionaba aquella piel que ya era vieja y la separaba de mi carne, y la cortaba con tres dedos para rehacer el pacto y volver a nacer, para recibir mi alma nueva de las largas zarpas de hueso de Mantus. Caí sobre la hierba húmeda, sostuve el cordón umbilical entre mis manos, y lo mordí hasta arrancarlo.

Desperté tendido bajo el tronco de un inmenso roble; el muérdago que brillaba dorado entre sus ramas iluminaba la foresta como una benévola llama misteriosa. Entonces, una fuerte ráfaga de viento bajó desde las cimas más lejanas del Grappa y la arboleda entera crujió estremecida. Sentí la presencia retorcida y malvada de algo que me espiaba desde mi espalda. Rápidamente, me incorporé de un salto y me giré para sorprender a lo que quiera que fuese que se arrastraba rápidamente hacia mí. Y entonces aquel ser se detuvo, quedó paralizado durante unos segundos y cubrió su rostro y empezó a llorar y a gemir de miedo. Me puse en guardia y exploré a mi alrededor; no había nada más, era yo, mi presencia, había algo dentro de mí que aterrorizaba a aquella criatura. Se encorvó y cayó sobre las rodillas y, desde el suelo, elevó dos ojos blancuzcos hacia mí. No podía creerlo, aquel monstruo era Dante. Estaba completamente desnudo, su piel recubierta de pústulas abiertas, las mismas heridas que Thania había abierto en aquella carne junto al Brenta, mugriento, embadurnado de barro, de sangre coagulada, de excrementos. El hedor a carne descompuesta que despedía era repugnante. Apenas se movía, mantenía la cabeza alzada y me miraba con una expresión idiota, no pestañeaba, y de su boca abierta colgaba una pulpa masticada, los restos de algún animal. Era Dante, la misma persona que me había parecido ver morir en el río, o, mejor, algo parecido a Dante, una versión embrutecida o elemental de aquel, que, aunque parecía estar dotado de vida, carecía de ese halo invisible que reconocemos en otros seres humanos, una ausencia de brillo vital que no era otra cosa, estaba seguro, que el vacío más blasfemo. El alma de aquel hombre ya estaba muerta.

Sin dejar de vigilarlo, di un paso hacia atrás. Dante respondió sacudiendo los brazos por delante, extendiendo sus manos negras hacia mí, defendiéndose de lo que tomaba como una amenaza, pero sin llegar a moverse del lugar en el que permanecía agazapado. Despacio, continué alejándome de él, y cuando ya nos separaban algunos metros, Dante se incorporó y desapareció rápidamente entre la maleza.

Me quedé allí durante algunos minutos, sabía que mientras permaneciese al abrigo de aquel árbol sagrado estaría a salvo, y cuando los sobrecogedores gritos de dolor de Dante empezaron a desvanecerse entre aquella inmensidad de voces que el Grappa empujaba a la noche y estuve seguro de que ya no iba a regresar, crucé bajo las ramas doradas del roble, y continué mi camino hacia el oeste.

No tardé en encontrarme con lo que parecían los restos de una antigua calzada romana que serpenteaba como un arroyo de agua turbia entre las raíces de robles, magnolias y cipreses. Aquella parte del bosque había guardado silencio durante siglos. Las rocas, los árboles y los insectos, la misma luna, latían allí de una misma manera, y a medida que caminaba sobre la calzada, siempre hacia el oeste, sentía como el ritmo de mis pulsaciones se ralentizaba hasta que encajaba perfectamente en aquella armonía invisible. Avancé por aquel camino durante un tiempo indeterminado, aletargado, seducido por el dios de los cuernos de ciervo que gobierna la savia del bosque y que es la luz y es la oscuridad y es el día y es la noche, y me dejé llevar de las manos por la diosa que habita la montaña y que es la montaña misma, y de sus manos llegué hasta el punto en el que un estrecho sendero formado por unas extrañas florecillas de color negro cruzaba la calzada, y entonces la diosa me soltó de las manos para que pudiese verla, frente a mí, más allá del cruce de caminos, a la serpiente blanca que custodiaba aquellas dos viejas columnas de mármol de alabastro, retorciéndose, deslizándose sobre la arena mojada hacia la sombra que flotaba detrás de las columnas, llamándome, acompañándome mientras nos movíamos escaleras arriba a lo largo de aquellos nueve escalones, reptando por delante de mí, abriendo, al fin, las puertas consagradas a la sangre del templo de Catha.

Como si acabase de regresar de un larguísimo viaje, mi espíritu recuperó de golpe todo el peso de su esencia mortal, de una humanidad tan insignificante, tan vulgar, que casi me repugnaba. Me adentré en el cementerio de San Kilian, en el santuario de los Hijos del Cuervo, para buscar todas aquellas imágenes que había visto en mi sueño, y, aunque mis sentidos volvían a ser tan incapaces como de costumbre, la luna llena iluminaba las ruinas del cementerio y pude moverme sin apenas dificultad entre todas aquellas pequeñas lápidas sin nombre y las que habían sido las tumbas de decenas de hombres y mujeres abandonados y olvidados, de comida para los gusanos. Nada de lo que recordaba estaba allí, no había huesos sobre la hierba, no había nieve, tampoco música, no estaban los dos lobos que tenían que haber acompañado a Thania. Un jardín decadente de piedra y silencio, nada más. Empecé a tiritar, el frío que había dejado de sentir en el bosque me atravesó en un momento; crucé los brazos sobre el pecho y deambulé entre aquellos restos melancólicos del cementerio. Busqué el bloque de madera que había visto en mi sueño, el altar, tal vez aquellos signos incomprensibles fuesen la clave, la llave que volvería a dejarme entrar en el santuario, y, aunque ya estaba prácticamente aterido de frío y me costaba moverme, exploré cada metro del cementerio en busca de aquellas runas que había visto tantas veces, e inspeccioné, una a una, lo que quedaba de todas aquellas sepulturas. No había crucifijos o ángeles guardianes en aquel cementerio; la mayoría de las lápidas apenas levantaban unos palmos del suelo, lóbregas piedras de forma circular clavadas a los pies de tumbas diminutas, estelas decoradas con figuras de bestias extraordinarias, calaveras, estrellas de cinco puntas o intrincados motivos geométricos sin comienzo ni final que no tenían ningún significado para mí. Además, el paso del tiempo y el clima extremo de la montaña, habían convertido las inscripciones, lo poco que quedaba de los epitafios grabados en aquellas lápidas, en poco más que borrones ininteligibles.

Confundido, decepcionado, me senté en el suelo y me eché a los pies de la última de aquellas tumbas, apoyando la espalda contra un círculo de piedra en el que se representaba la danza macabra de un esqueleto. Qué error había cometido, qué había pasado por alto o qué regla había roto. Exhausto, desconcertado por aquella absoluta ausencia de respuestas, asfixiado por una sofocante sensación de soledad, ni siquiera estaba seguro de ser capaz de regresar a pie hasta Asiago, repasaba mis pasos una y otra vez en busca de pistas, siempre en vano, fracasando una y otra vez, y cuando parecía que ya solo restaba esperar al alba en el cementerio para tomar entonces el camino de vuelta hasta Bassano y la monotonía, a aquella estúpida repetición de momentos y de días que ahora me aterrorizaba más que nada en el mundo, me pareció ver un resplandor que titilaba cerca de mis botas. Instintivamente, encogí las piernas y ajusté la vista para descubrir el origen de aquel brillo. Era la misma serpiente blanca que había visto custodiando las dos columnas de la entrada al cementerio; reptaba a través de una senda invisible para mí y que la conducía, entre lápidas y refulgentes haces de luz de luna, hacia mi izquierda, hacia una parte recóndita del cementerio que acababa contra una descomunal pared de roca. Ya había examinado aquella zona, allí no había nada de interés, un montón de maderas podridas y los restos oxidados de unas pocas herramientas. Seguí a la serpiente entre todos aquellos desperdicios hasta que, en un abrir y cerrar de ojos, la perdí de vista. Removí maderas, metales y rocas buscándola, pero no había rastro de ella, y, entonces, reparé en una extraña marca que no había visto hasta aquel momento. Concentrado en inspeccionar las estelas, no había reparado en aquel símbolo grabado sobre la gran roca que se apoyaba sobre la pared, una luna en cuarto menguante, la luna negra. La diosa. Conmocionado por el descubrimiento de aquella señal, recuperé el entusiasmo, me froté las manos para calentarlas, y aparté algunos pedruscos que parecían haber sido organizados a propósito alrededor de aquella roca. Inmediatamente, encontré el hueco por el que la serpiente había desaparecido, así que moví algunas piedras más gruesas y, animado por la corriente de aire que empezaba a escapar desde el interior de la montaña, usé la poca energía que aún me quedaba y traté de empujar la roca hacia un lado. Parecía imposible, pesaba demasiado y no fui capaz de desplazarla siquiera unos centímetros. Hice un último intento con los brazos y entonces dejé caer todo mi peso sobre la piedra y la empujé con el hombro. Tampoco pude moverla. Exhausto, sin aliento, caí frente a la pared de la montaña y, sin palabras, imploré y pregunté y recé a la luna de las brujas que brillaba indiferente desde aquel sello de piedra, hablé con ella, qué quieres de mí, tú me has llamado, tú me has traído hasta aquí, déjame entrar, te lo ruego, madre.

Algo se movió detrás de mí.

Asustado, lo primero que pensé fue en Dante, tal vez había olvidado su miedo y había regresado hasta el cementerio para devorarme, o quizá fuese Matteo, también transformado en espectro… Pero antes de que me diese tiempo a reaccionar de alguna manera, reconocí el ritmo áspero de los jadeos de un animal que se movía despacio entre las lápidas. Era un lobo negro que trotaba lentamente entre las tumbas, cada vez más cerca de mí. Volví a girarme para darle la espalda a aquella bestia; ya podía olerlo, acre y salvaje, oír el chasquido de su lengua contra la espuma de su saliva, sentir su aliento húmedo sobre mi nuca. Se detuvo a mi espalda; estaba atrapado entre las rocas y aquel animal que, sin duda, se preparaba para saltar sobre mí. Cerré los ojos, apreté los párpados y apreté los dientes y tensioné todo el cuerpo, toqué la hierba con los dedos y me aferré a la tierra. Entonces sentí un estremecimiento, una ola de energía que llegaba desde la pared hasta la hierba debajo mis manos, y un violento escalofrío me conmocionó. Abrí los ojos. El lobo se había colocado a mi derecha. Su piel ardía como si los largos dedos negros de un ángel caído la estuviesen acariciando, luminosa, libre y arrogante, una llama rebelde contra el Cielo, y sus ojos brillaban profundos y hermosos y terribles como los mares del Infierno, y comprendí que no tenía nada que temer de él, que estaba allí porque, como yo, pertenecía a aquel momento y a aquel lugar, sobre el templo de Catha, frente a aquella grieta que acababa de abrirse en la pared.

El lobo negro permaneció junto a la grieta, custodiando aquella gran roca sellada con el signo de la diosa, de modo que entré solo en el túnel. La gruta penetraba como una estaca contra el corazón de la montaña; su profundidad se me antojaba incalculable, aunque mis ojos se habían acostumbrado rápidamente a la oscuridad, la poca luz que se filtraba desde el exterior no era suficiente para que pudiese hacerme una idea de sus dimensiones. Me movía con cuidado, rezando para que la galería no se escindiese en varios caminos, dando pasos cortos por miedo a caer en algún pozo, sin ni siquiera saber hacia dónde caminaba. Para colmo, la idea de que lo que me esperaba al final de aquel túnel era aquella cueva maldita de la que me había hablado don Antonello, la gruta de las brujas, no me hacía precisamente feliz. Por fin, cuando ya había perdido de vista la entrada y me desplazaba prácticamente a ciegas, el túnel comenzó a ensancharse, y, a los pocos metros, pude entrever lo que parecía una gran sala iluminada por unas pocas antorchas que se abría, desencajada como la boca de un cadáver, al final de la brecha… Y a medida que me acercaba a aquella entrada empecé a escucharlos, a los cuervos y a las lechuzas que pronunciaban mi nombre desde los pilares, y a los demonios y a los genios y a los espíritus esculpidos en la pared, y a Suri y a Mantus y a Mania, que descendían desde la bóveda planeando alrededor de las antorchas, suspirando en mis oídos, buscándome detrás de mis ojos. Y Catha, la Reina Cuervo, también me observaba desde el centro de la cámara, y su mirada era despiadada y salvaje y sensual, primigenia, elemental, era gélida y era abrasadora, era desprecio y era deseo. Sus cabellos eran serpientes que se enroscaban en el aire húmedo de la cueva corrompiéndolo y pervirtiéndolo, sus alas negras se desplegaban detrás de los dos lobos que protegían el altar de madera del árbol de las brujas, y delante de ella, rodeada de un círculo de pequeñas piedras recubiertas con aquellas runas enigmáticas que había visto en mi sueño, una figura vestida con una espesa capa blanca alargaba sus dos manos abiertas hacia mí.

"Bienvenido, Luka. Te estábamos esperando," dijo Thania cogiéndome de las manos.

Me acompañó hacia una grada revestida de lienzos y almohadones excavada dentro de la roca.

"Toma asiento, por favor, estoy segura de que necesitas algunas respuestas…" Me ofreció una copa que rebosaba de un líquido escarlata, oscuro, muy espeso. La miré sobresaltado, representando algo parecido a una súplica. Thania sonrió. "Lamento decepcionarte, Luka, es solamente vino de baya de saúco. Bebe, te sentará bien," y rio por segunda vez. Sus labios resplandecían, su boca, la misma con la que había devorado a Dante, iluminaba aquella caverna como un amanecer.

"¿Por qué me has llamado? ¿Qué quieres de mí?" pregunté.

"Te equivocas, no he sido yo. Yo no te he llamado. Ha sido esta montaña y ha sido este bosque, el lobo que has visto hace un momento; ha sido esta cueva, este santuario… Ha sido Catha, Luka. La Reina Cuervo te ha traído hasta aquí porque este es tu hogar."

Apartó un larguísimo mechón de pelo rojo de su cara y empujó la copa hacia mi boca. Era un vino dulce y muy ligero, pero en cuanto empezó a derramarse dentro de mí a través de la garganta, una descarga eléctrica me recorrió de arriba abajo, y pensé que aquella era la primera vez que veía a Thania como realmente era. Acababa de reparar en sus ojos y me pareció imposible no haberlo hecho antes. No era solamente el color, su forma, sus ojos eran prácticamente amarillos, dos iris nacarados sobre dos diminutas pupilas negras ligeramente ovaladas, como las de un reptil, sino, sobre todo, lo que contenían, eones de tiempo, la memoria de un viaje de siglos, de un largo camino de regreso hasta Diana y Artume y Luna, Isis y Proserpina, Lilith, Usils y Tivr, hacia Catha y el Invierno, el destierro más allá del Bien y del Mal de las hijas de la flor de la hiedra, morir para volver a nacer para no volver a morir jamás.

"…Creo que ya lo sabes, sé que ya lo has visto.

Lo has probado y conoces su sabor, el bosque te ha reconocido y tú te has reconocido en este bosque. Sabes que no eres como los demás, Luka, siempre lo has sabido, que eres otra cosa, que algo te diferenciaba de los otros. Has vivido solo, toda la vida, tu desprecio, quizá tú prefieras llamarlo indiferencia, te ha separado de ellos, como le pasó a tu madre antes que a ti. Nunca la conociste, y, sin embargo, sientes tanta nostalgia por ella, ¿verdad?"

"Mi madre murió durante el parto, no llegué a conocerla..." respondí. "Pero, ¿cómo puedes saber tú eso?"

Contrajo los labios y me sonrió con tristeza.

"No deberías haberme visto, Luka. Aquella mañana en la ciudad... Nadie debería haberlo hecho, pero tú fuiste capaz de hacerlo porque eres lo mismo que yo soy." Thania apartó la copa de mi mano y la dejó en el suelo. Volvió a cogerme de las manos. "No podemos tener hijos; nosotras no deberíamos hacerlo y estamos condenadas a morir cuando lo hacemos... Así es como Catha lo quiere. Tu madre lo sabía, y tuvo que elegir entre su vida y la tuya, y eligió morir para que tú vivieses. Y ahora es tu turno y debes decidir si quieres vivir la vida que te pertenece, en libertad, entre tus hermanos, o continuar viviendo entre animales y rechazar la oportunidad que tu madre te dio y morir y hacerlo solo..." Soltó mis manos, se levantó, y caminó hacia el altar. "Esta noche tendrás la oportunidad de elegir entre la vida y la muerte."

Mi padre me crio en soledad, no hubo ni tíos ni abuelos en mi niñez, y raramente hablaba de Giulia, de mi madre. Nunca supe cómo se conocieron, ella y mi padre, no existía ninguna fotografía, ni siquiera sé cómo era, mi madre no tiene rostro, y siempre había pensado que aquel silencio se debía a algún pecado de mi madre, algo tan infame o vergonzante que había merecido el olvido, y, sin embargo, Thania tenía razón, había algún tipo de energía que me vinculaba con fuerza a mi madre, aunque no la hubiese conocido, la echaba de menos, todos los días, más que a mi padre, que significaba tan poco para mí. Y como si Thania hubiese evocado una sombra de lo que fui, como si estuviese despertando de un larguísimo sueño, como si hubiese dejado de existir hacía mucho tiempo y la luz estuviese volviendo a mí poco a poco, comprendí que estaba en mis manos, nacer para volver a vivir y volver a mirar a los ojos de aquella madre que nunca había visto.

"Thania, aquella mañana, ¿por qué estabas allí? ¿Quién era Vulca?"

Thania había cubierto la madera con una tela negra y ordenaba algunos objetos. Se detuvo, terminó de colocar unas ramas, y apoyó los dos brazos sobre el altar.

"Vulca..." giró la cabeza para contestar. "Vulca era uno de nuestros hermanos; fui yo quien lo trajo al santuario hace ya mucho tiempo. Yo lo desperté. Vulca era uno de los hijos de Catha y ha sido mi compañero durante más tiempo del que tú puedas comprender." Se volvió completamente y caminó lentamente hacia mí. La llama de las antorchas se estremecía al paso de su túnica blanca. "Ya estaba muerto cuando llegué allí, lo que estaba allí colgado no era él. Tausch ya lo había asesinado y lo único que yo pude hacer fue liberar aquel pequeño pedazo que quedaba de Vulca, apenas una memoria de su ser mortal. Tausch lo abandonó en aquel árbol para que la luz del sol lo consumiese, con el único propósito de prolongar nuestro tormento…"

"Tausch, ¿cómo ha sido capaz de…?"

Thania se detuvo frente a mí.

"Solo aquello que es como tú puede causarte semejante dolor, Luka…"

Había habido otros como él, herederos de la estirpe de la Reina Cuervo que habían roto el pacto para volverse contra ella y convertirse en cazadores, exterminadores, ejecutores... Pero esta vez era diferente, y, desde que el nombre de Tausch había emergido desde algún abismo desconocido, todos los hijos de la diosa se sabían amenazados. Nadie había oído aquel nombre hasta hacía poco tiempo, y Thania estaba segura de que existía un vínculo entre la súbita aparición de aquella entidad y el reciente establecimiento de algunos miembros de la misteriosa Sociedad Thule en los Alpes de Belluno. Por lo demás, el santuario lo ignoraba todo sobre él, de dónde venía, cuándo había nacido o quién lo había despertado. Tausch era demasiado poderoso, tanto que, como las sacerdotisas de la diosa, ni siquiera temía a la luz del sol. Su nombre era corrupción y era pestilencia, una perversión, una enfermedad que ya había asesinado a muchos de los hijos de Catha en apenas semanas; tal era el peligro, que Thania temía que, si no conseguían detenerlo de alguna manera, el mismo santuario corría el riesgo de desaparecer para siempre…

Algo empezó a agitarse sobre el altar, y, a la vez que Thania se sentaba a mi lado y volvía a recoger la copa para entregármela con sus dos manos, *bebe, termínalo*, varias figuras cubiertas con túnicas blancas parecidas a la de Thania irrumpieron en la sala desde diversas entradas en las que no había reparado hasta aquel momento. Caminaban en silencio, como apariciones, y mi corazón comenzó a galopar de terror. Me eché hacia atrás, contra la pared, lo más lejos posible de aquella comitiva de pupilas rasgadas sobre iris amarillentos que se movía como una única sustancia alrededor del altar de madera, y bebí de la copa porque Thania me ordenaba que bebiese y acabase aquel vino misterioso; y me acarició la garganta con sus uñas y me acarició la boca con su lengua, y terminé de beber y el ritmo de mis latidos era cada vez más rápido, y, entonces, empecé a caer. Y aquella sustancia que formaban los Hijos del Cuervo se partió para que seis de las siete brujas la penetrasen desde seis puntos diferentes, y las Cathas se reunieron bajo las alas de la Reina Cuervo y mi corazón se detuvo y la copa cayó de mis manos y los labios de Thania se abrieron alrededor de los míos, "es el momento, Luka…" y quise pensar en Dios pero supe que Él ya no podía pensar en mí, "…decide libremente, vive y muere como lo hizo tu madre y desaparece para siempre como un esclavo…" y las brujas caminaron tres veces alrededor del altar, y los Hijos del Cuervo giraron alrededor de las brujas, y aquella música de mi sueño también giraba, desde su centro y hacia todas las direcciones, *'las puertas de lo más profundo se han abierto esta noche, oh, Luna, baja del cielo, te lo ruego, oh, madre…'*, envolviéndolo todo desde dentro hacia afuera, y, como en mi sueño, podía comprenderla, aquella lengua hermética, "…o vuelve a nacer para volver a vivir y que tu voluntad sea tu único dueño para siempre…" y los Hijos del Cuervo giraban cada vez más rápido, y las antorchas se consumieron a lo largo de toda la sala. La sangre ya apenas circulaba dentro de mí, buscaba oxígeno y no lo encontraba, y dejé de resistirme y me dejé caer, hacia dentro, más abajo, hacia el abismo.

"…Acepta el pacto, Luka, admite a Catha y vive para siempre…"

"Sí, soy tuyo, Thania, y acepto a la diosa y le pido a la Reina Cuervo que Ella me acepte a mí para ser lo mismo que ella y ser para siempre…"

Y los labios de Thania se retorcieron y se entreabrieron con una sonrisa que era veneno y era lascivia, y su boca fue todo dagas afiladas, furiosos colmillos de loba que se lanzaron contra mi garganta, y la melodía volvió desde todas partes para concentrarse sobre nosotros dos, y sobre el altar un bebé lloraba de dolor y de miedo, lo desangraban, lo despedazaban, dos muertes a cambio de una nueva vida, y yo seguía cayendo de la mano de Thania, y la Reina Cuervo soñó conmigo y entonces sentí que dentro de mí nevaba, y aquellos copos relumbraban más que las estrellas y me trajeron el aullido del lobo y el aleteo seco del cuervo y de la lechuza y el murmullo interminable de las raíces que tejen la tierra bajo las montañas y lo ríos, y dejé que mi alma mortal se marchase, leve, insignificante, la dejé atrás, más arriba, cada vez más lejos, y mi corazón volvió a latir, de otra manera, más fuerte, más cercana, mis latidos eran los de un martillo sagrado y mi sangre era la savia inmortal de los bosques y del dios astado, y más abajo, más allá de las puertas negras del Infierno que Mantus y Mania habían abierto para mí, el final, la luna, ya casi podía tocarla, el fulgor más terrible y perfecto, niña y doncella y hechicera, madre y hermana, Catha, mi muerte y mi resurrección.

Aunque, ciertamente, el tiempo pasa de otra manera para un inmortal, supongo que aquella noche en el Grappa queda ya muy lejos. Desde entonces hemos vivido en Verona, en Lisboa, en Dublín, en Madrid, Thania y yo, invisibles para los mortales que sueñan con nosotros, existiendo solamente más allá de la penumbra, en los márgenes de lo que ellos llaman realidad; somos su pesadilla y somos su anhelo, a veces dioses, casi siempre, demonios.

Tausch se quitó la vida hace años. Parece que los fantasmas de las víctimas de sus innumerables crímenes lo atormentaron hasta el final...

No, por supuesto que no... Aquel anciano patético que se metió una bala en la cabeza no era Karl Franz Tausch; aquel hombre que murió en Langen era uno de los siervos de nuestro enemigo, la Sociedad Thule, y su papel no fue otro que el de envejecer hasta morir para que Tausch pudiese vivir para siempre entre las sombras.

Esta noche abandonamos Madrid, tan calurosa

para esta época del año como lo era Bassano aquel otoño; hemos vuelto a encontrarlo y viajamos a Murau, en Estiria. Los hemos perseguido durante todo este tiempo, a Tausch y a los cazadores de Thule, anticipándonos a sus movimientos, acechándolos, ejecutándolos. Hemos sido el depredador y a veces hemos sido la presa. Protegemos a la Reina Cuervo y cuidamos de todos sus hijos, y, por encima de todo, ansiamos venganza, Thania y yo, vaciar sus madrigueras hasta exterminarlos, anudar una soga a sus gargantas y arrastrarlos sobre la arena, colgarlos de las ramas más altas y esperar a que amanezca y saborear su terror insoportable a la salida del sol, cada aullido de dolor desesperado, y contemplar la aurora cogidos de las manos, la luz terrible de Suri despertando tras las sogas, transformándolas en antorchas, en una hoguera interminable de cuerpos inermes que se estremecen y se retuercen hasta desvanecerse entre las llamas, un Estigia de polvo y cenizas que el viento esparce hacia el oeste y hacia el sueño de los ojos de la Reina Cuervo.

☾

'It´s just a ride'